清涼的雨，潔白的花

鳳儀的文字，彷彿一陣清涼的微雨。讀她的文章，彷彿仰臉感受雨絲的柔軟。於是，我總是邊看邊流淚，並且在安靜的感傷之中，感覺自己內在的某個部份被輕輕洗淨了。

一個美好的女子，擁有如此美好的心靈，雖然經驗了愛情的生死幻滅，卻也總是在回眸凝視過往的一切時，微笑看待。走過的路，流過的淚，受過的傷，對於鳳儀都成了一種豐富的滋養，讓她在心靈的沃土上開出潔白美麗的花。

於是我總要想起莎士比亞說的，愛是開在懸崖邊緣的花，採摘她需要絕對的勇氣。而在鳳儀這個外表纖弱的女子身上，我看見的是愛情結束之後，一種無怨的堅定，一切都寬容，一切都原諒，然後，在淚光中泛起微笑，成為靈魂裡的永恆。

於是，愛的那人雖然遠離了，愛的本身卻留了下來。

彭樹君

11樓之2

散文／蔡鳳儀 寫真／黃仁益

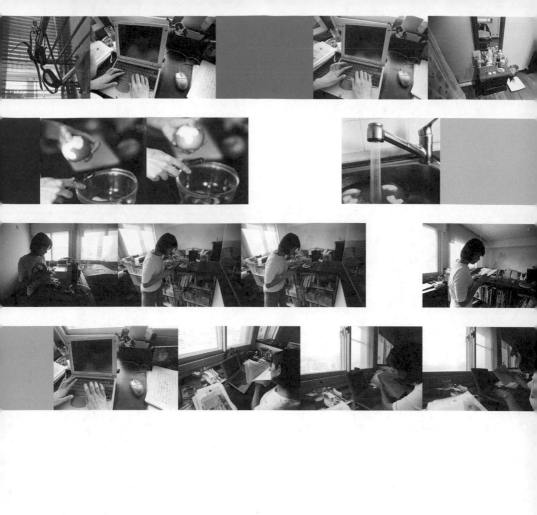

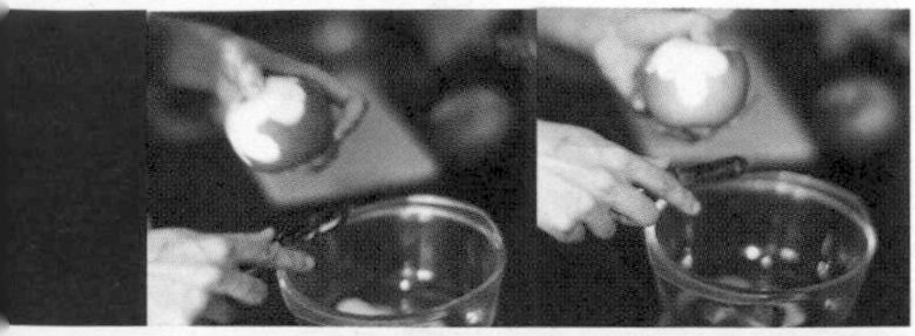

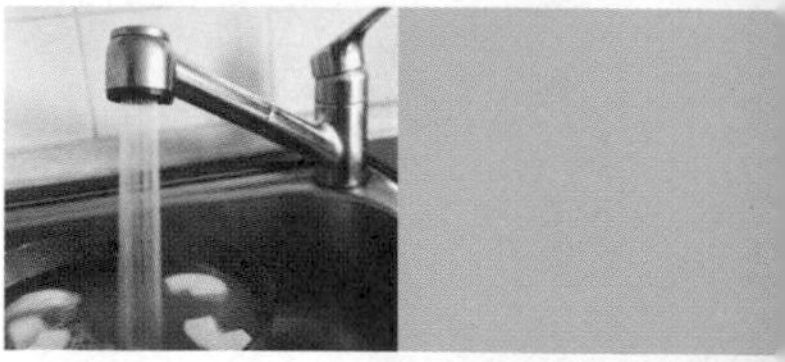

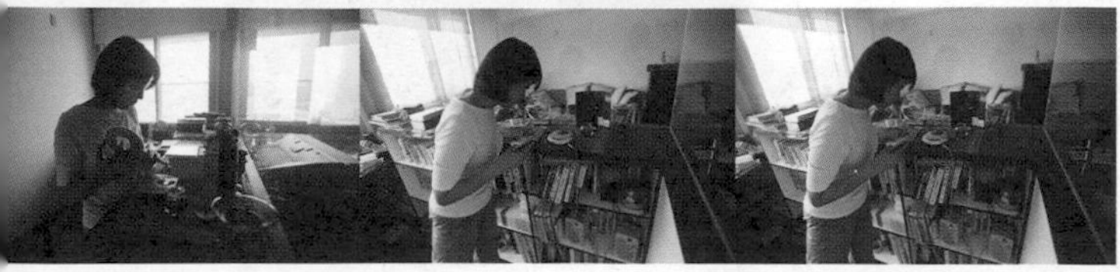

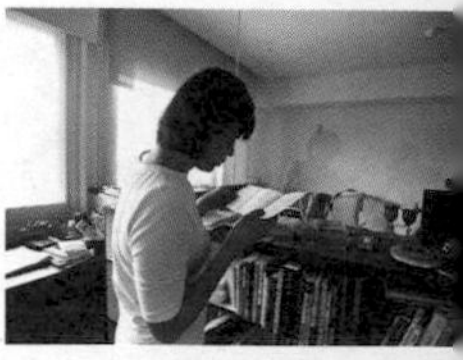

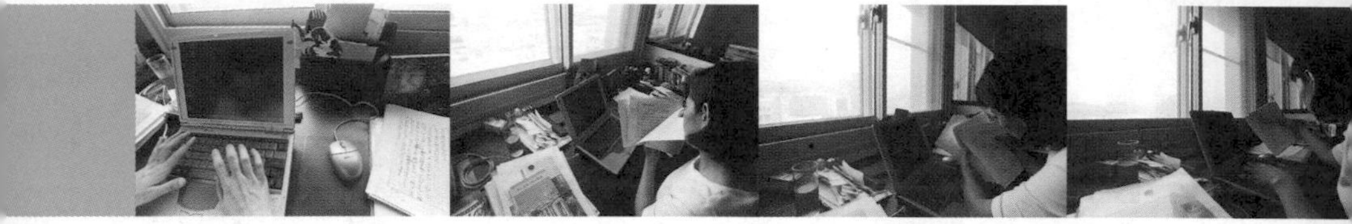

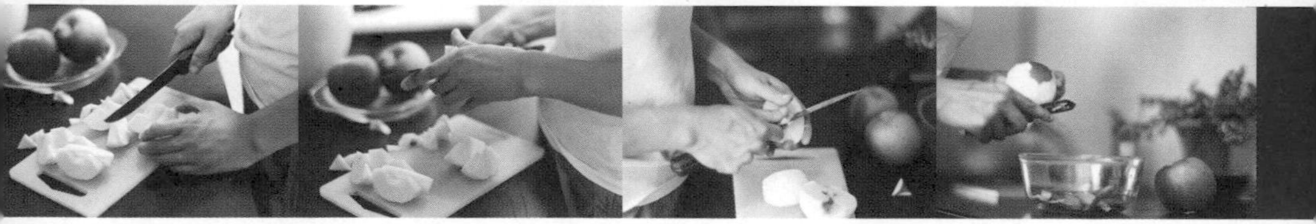

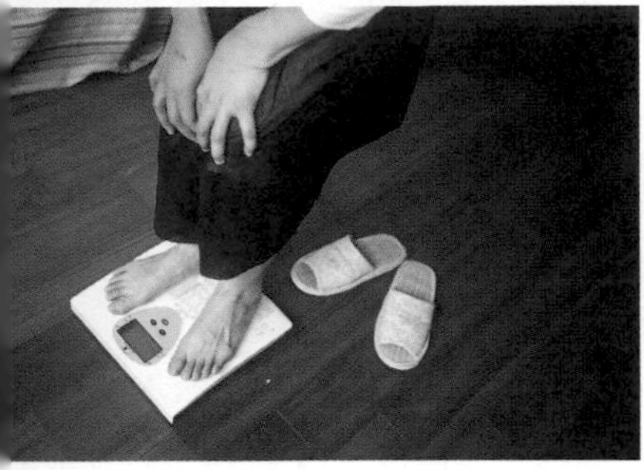

這個紀錄是關於一個三十二歲的單身女子的生活。大部分是我自己的故事。

1.中等美女。

2.有一個待遇中等的工作。

3.住在台北市郊，每天搭捷運上下班。

4.已過被逼婚階段。

5.每星期固定一天上日文課。

6.固定游泳、跑步，希望體重維持四十八公斤。

7.相信愛情奇蹟。

8.固定每年做一個簡單的計畫：把日文學好（也許四十歲以後，當中等美女變成中等婦人時，可以當翻譯）、每個月存錢、寫作、旅行、讓自己幸福……

9.喜歡禱告、讀《聖經》、上教會。

10.三餐固定、習慣閱讀、習慣消費、習慣晚上十二點前入睡。

單身女子的酸甜日記_

寫這份東西的時候，我拖完一個禮拜一次應該拖的地，洗了一天之內應該洗的澡，把本來要保留下來再利用的面紙盒三個，一一拆開準備丟掉，將廁所、客廳的垃圾裝起來，打開除濕機，擦了放電話的小茶几，關熱水器，因為要洗兩個咖啡杯，又開了熱水器，吃了三分之一的丹麥吐司，拆開一包新的面紙，最後用吹風機吹乾自己的頭髮，然後挑了一張 CD ，坐下來開始寫。

想要寫，如果幸福永遠不來。

二十八歲的那年生日，和相戀的男友分手，決定在家裡專心傷心，也許想過在最短的時間內結束生命，偏偏雖然覺得自己已經絕望到頂點了，還是膽小地不敢傷害自己。那一年是悲傷的，並且懷疑自己是不是就這樣永遠得不到幸福。

*

想要寫，如果我自己就可以幸福。

一定堅持要在今天去買一瓶洋菇肉醬和一包義大利麵條；

一定堅持下雨天的時候，要用那把在TOPPY買的淺灰色傘；

一定堅持每逢BLUE MONDAY，要穿黑色毛上衣配上牛仔褲；

一定堅持要維持48Kg，自從過了二十五歲以後；

一定堅持每星期上日文課，喝老師煮的麥茶；

一定堅持春夏秋冬，一季和高中死黨見一次面；

一定堅持每個星期看一本書，這樣，才會有著深深的幸福感。

一個已經三十二歲的單身女子要學習、克服很多事情：年齡的壓迫、父母的逼婚、相親、失去朋友、變胖、變老、孤獨、寂寞……

這些都不能假裝沒有發生過。可是，如果我自己就可以很幸福。

*

想要寫，如果別人能夠幸福。

一些快樂的、悲傷的、幸福的、痛苦的，

所有發生在女人的感動故事，

我都希望她們能夠得到幸福。

關於我_

關於我。

淡淡的眉；

一直以為的單眼皮，後來不小心有一天發現竟然變成雙眼皮；

蒜頭鼻加上廣告商品永遠無法消除的鼻頭粉刺；

說話聲音——唱紅「東京愛情故事」的小田和正歐吉桑說他從青春期以後聲帶沒有變過，那麼我差不多也是那樣，只不過沒有變聲的他用歌聲感動許多少男少女的心，而我則是常常在電話裡頭被誤會是小朋友。

虎牙以及永遠的短髮。

關於我。

衝動性購買：

有時特別想念削鉛筆機的聲音，而購買鉛筆；有時在馬路上看到一個穿著白色襯衫的人喝著礦泉水，而特別也進去便利商店買了一瓶礦泉水喝著；也因為一頂帽子上面特別充滿了夏天的味道，而正準備到澎湖度假的我，義無反顧地買了下來，朋友問：「難道妳沒試戴嗎？否則……」我有的，只是夏的誘惑讓人迷失……因為相信賣絲襪店員的「專業」，一口氣掏出工作獎金的三分之一。重看「情書」時，為自己買了電腦；到宜蘭看老朋友時，買了四條桌巾、一件小地毯、一件窗簾；因為手工製陶杯買一送一，所以在中午休息時間，沒有午餐，買了六個不能喝汽水的杯子。

的家，還有以前男朋友的家。

的高潮點、角色選擇。更同時接受朋友所說這樣的行為是「無聊的天真」而不以為意。

關於我。

花一個小時散步。路上會經過二十年前住過的老家，弟弟的家、姐姐的家、國中同學

會和朋友談論「偶像劇」。從台詞對話、劇情、演員演技、演員其他相關作品、感動

會習慣走同一條路。

會在每年的最後一天和朋友舉杯，同時享受一年的結束。

關於我。

三十二歲（嗯一九九八年的時候），未婚。有十二張銀行的金融卡（目前只有二張存有金額並正在使用中），三張VISA，六張貴賓卡（包括租書店、百貨公司、進口雜貨店、美容院、錄影帶出租店……），一張多年前拿到卻未上路的駕照，三十六張ＣＤ，一百五十本書（持續增加著），每天一杯咖啡（加百分之百全脂鮮奶），一定吃早餐和一顆蘋果，每天搭八點四十五分的捷運上班。

contents_

004 關於我

004 單身女子的酸甜日記

卷一：酸甜日記

030 Age 32

035 無論如何

038 低潮

042 七次駕照

047 生日很快樂

051 Kabuki 日本歌舞伎

055 游泳課

059 上台演戲

066 夢想

卷二：療傷茶飯事

072 止痛甜品

075 尋找悲傷轉乘區

080 兌換秘密

084 傾聽者

088 說一聲祝福

092 熬一碗鹹粥

096 停止傻瓜式的刷卡黑洞

099 解除星期日的憂鬱症

102 游出醉深淵

105 「心」居落成

卷三：孤單紀念日

110 兩朵玫瑰花
113 燈火
116 三顆安眠藥
119 小紙片上的光
122 繼續留在原地
125 夜地球
129 關機
133 十一樓之二
138 三日

卷四：凝視之味

152 我的窗
163 愛在蒸發
166 戀歌
173 想起鵝黃色
180 不用說再見
187 簡單的感性
191 妹妹就要嫁出去
194 姐妹
199 一顆星星的高度
218 後記

1 卷一

酸甜日記

Age 32，無論如何，低潮，七次駕照，生日很快樂，
Kabuki，游泳課，上台演戲，女人的夜晚

Age 32

不知道從什麼時候開始，自己變成了團體中年紀最大的一個？

學校剛畢業的時候，到電視節目外製單位工作，一件T恤、牛仔褲，沒有化妝、不塗口紅，一雙球鞋，在公司樓上樓下跑，看帶、拷帶、記錄分鏡、找資料，那時感情穩定、工作順利。雖然不是什麼重要幹部，工作的快樂天天存在。

公司內部你不用問幾年次就知道他們是老大哥、老大姐，自己的年齡永遠排在倒數幾名裡，下午茶吃披薩喝可樂時，就有老大姐負責請客；大夥一起吃飯喝咖啡時，就有老大哥負責結帳。當然你不是沒有經濟能力，只是因爲年齡，你好像有許多時候是被照顧得理所當然；因爲年齡，你得到許多優惠的藉口。

後來，進來了一批新的工作夥伴，有的比自己小一歲、小二歲，或同年次；

後來，和相戀八年的男友分手，知道男友愛上比自己年輕五歲的女孩；

後來，換了新工作，最要好的同事比自己小三歲；

後來，發現喜歡的日本偶像原來比自己小六、七、八歲；

後來，又換了工作，從此不用再問，因爲相差十來歲變成如此自然，然後對話就會變成：「如果我早一點結婚的話，我的小孩就像你一樣大了……」

天呀……

不知道從什麼時候開始，自己變成了團體中年紀最大的一個？

辦公室內，除了老闆之外，自己是最年長的；

比自己小二歲的同事已經是兩個小孩的媽；

小自己七歲同部門的女孩，年底準備結婚；

唱KTV時，只能點民歌、老歌，什麼〈鴨子〉、〈聽海〉、〈姐妹〉，一概只能鼓掌傻笑。（有一天傻笑的這些流行歌，也會變成老歌吧！）

不知道從什麼時候開始，自己變成了被形容「保養」得很好的一員？被說「年輕」，其實聽起來覺得刺耳！

在美容院：小姐，妳還是學生吧？（對不起，我已經工作好幾年了！）

在銀行開戶：滿二十歲才可以開戶！（對不起，我比二十老好幾歲！）

在計程車上：我猜的絕對沒錯，小姐妳二十五歲！（對不起，我已經……）

在中醫診所：妹妹，妳哪裡不舒服？（對不起，我想我們應該同齡！）

看不出來！看不出來！妳「保養」得眞好！

難道他們沒看到我的眼袋？魚尾紋？白髮？

難道他們沒看到我鬆垮的臉頰？胸部？

難到他們沒看到只要我一卸妝，我蒼白的唇？輕淡的眉？

難道他們沒看到只要一熬夜，我的黑眼圈？我的毛細孔？

雖然大部分的時間，我眞的是忘記我自己的年齡，譬如去聽演唱會的時候、在辦party的時候、旅行的時候、閱讀的時候。但是，也總有那麼一刻，突然會記起自己的年齡。

看見衛生局的宣導文字時，發現自己已經達到可以免費檢查子宮頸癌的年齡；發現有些職業只要三十歲以下的人；發現自己變成必須請客、付帳的老大姐；聽見公車上旁邊座位的年輕媽媽說：每次一想到年輕時的事，總覺得就像昨天發生的事一樣。坐在髮廊的鏡子前，不是魚尾紋、不是眼袋，是發現自己年齡一歲一歲疊上去的樣子；發現喜歡的男生，原來年紀都比自己小。

眞的、眞的，不知道從什麼時候開始的。

無論如何

走進捷運車站時已經接近末班車的時間，我坐在月台上冰冷的大理石椅子，讓空空軌道上的風，迷亂吹著自己。

剛剛和朋友看過的婚禮場地情景還歷歷在目。洲際飯店的一流服務，全數包辦婚禮各種所需的服務氣氛，譬如說桌數安排、氣球布置、花束設計、喜帖印製、禮車接送、一夜住宿、燈光、攝影……飯店副理將婚禮的服務項目一一介紹說明，並且帶我們從宴客大廳到套房設備徹頭徹尾參觀了一遍，因爲是朋友介紹，所以價錢當然特別優惠，負責介紹的飯店副理如是說。朋友不忘回頭告訴我，若我「結婚」也可以考慮這間飯店的服務。我踩在柔軟而高級的進口地毯上，尷尬笑了笑。

坐上捷運之後，選擇坐在角落裡，剛剛在月台上吹著風，此刻有了疲憊，不顧一切低頭啜泣起來。

其實在等待飯店副理來爲我們介紹之前，朋友在飯店的咖啡廳裡，對著第一次見面的其他兩人說起我早已經遺忘的往事，突然讓我不知所措，只能尷尬地看著昏黃的水銀燈在大廳的迴旋梯上烘托著幸福的味道，看著吧檯上有兩位外國人愉快地交談著。

朋友見過情感崩潰的我歇斯底里的難堪，卻從此不忘以她年長的身分和經驗告誡我男人是如何如何，女人又該如何如何；但經過了這些年，幾乎忘記了自己曾經是傷痛的。或者，已經可以接受事情的變化，而朋友卻仍清楚記住，並義不容辭當作是自身發生的故事來敘述。在那樣一個充滿幸福的場合裡、在充滿咖啡香的夜晚、在陌生友人面前，朋友以她老練的口吻，肯定句般地敘述當年那個我。朋友在咖啡廳裡滔滔不絕地說著。時間突然停止在敘述的迷惘之中。

朋友所說的當時的那個我，令人感到沮喪，我漸漸不了解爲什麼自己會坐在那樣的一個時空，聽著那樣奇怪的描述，我突然開始想念擺在桌前的日文講義，以及看了一半的米蘭昆德拉，還有新買的ＣＤ。

我在車廂內，抬頭擦了眼淚，看著夜晚的車窗上清楚映照著一張臉，我看著看著眼前又開始模糊起來。無論如何，我告訴自己下次再也不參加這種無謂的約會，因爲有時候別人看不到妳的改變卻一味用她的邏輯來判斷和描述妳，即使妳想反駁都覺得無力；無論如何，我告訴自己勇敢追求自己的夢想吧，有些人永遠只停止在回憶當中而總覺得自己是最明智的；無論如何，我告訴自己即使再也無法回到十九歲、即使已經接近了「年齡」，我的幸福要自己去尋找。

低潮

夜裡十二點，在仁愛路、復興南路口，我搭上無線叫號計程車。

早上在辦公室接到某某某的電話說，在展覽會場上看到我，變老了很多。我一下愣住，不太明白「變老了很多」是什麼意思，依然繼續打哈哈說些無關緊要的話，大概我的樣子總是很堅強，所以別人完全看不出我的脆弱。（而我是真的脆弱，無須掩飾，我怕老！）

適溫的車內溫度，音響輕輕飄著音樂網，我靠在柔軟的椅背上，聞到車內隱隱散著古龍水味道。

晚上和大學死黨見面，大家問我喜歡什麼樣的男生？頹廢的？文學氣質的？壞壞的？乖乖的？快吧，努力在今年把自己嫁掉吧！起鬨之後每個人開始討論新型最酷的大哥大廠牌，拿出自己的0935、0932、0933、

0910。比著電池power格數，我喝了一口冷掉的咖啡，覺得好苦好苦。

計程車夜行台北市區的花燈路下，霓虹閃爍，上了建國高架，突然覺得空虛。

我想著有一天日文課結束，走在擁擠的台北街頭，我要朋友說一個勵志的故事來提振精神一番，朋友開玩笑地說了：有一個年紀很大的女人，因爲嫁不出去，脾氣和個性就變得很奇怪，不過有一天她遇到了一個男人，兩個人終於找到彼此，最後結婚，然後就過著幸福快樂的日子。雖然是一個玩笑的故事，可我聽到的卻是：一個年紀很大的女人・嫁不出去・個性古怪。

車窗外經過了忠孝東路、南京東路、民權東路高樓的廣告霓虹。

到底這是一種什麼樣的尷尬的心情？每個月固定兩次護膚療程、上一次三溫暖、每個星期固定健身房、每天喝五〇〇CC礦泉水、總是看好看的電影、買打折的名牌、慶祝朋友生日、上日文課、唸有趣的小說、辦家庭party。日子沒有一成不變，隨時在豐碩的生活中，進行一種像飯後甜食般的完整，可我總是仍舊無法滿足。

「小姐，請問走大度路嗎？」

「對，等一下麻煩上橋右轉。」

總是這樣的吧！

有許多「不喜歡的感覺」總是會在某些時候偷偷跑出來，然後搞得心情一下陷入無可莫名的低潮。

譬如常常以爲別人對你說的玩笑話是眞的，你往往太過認眞，記得特別清楚，甚至把玩笑話當作眞話來討論和計較。然後得到的結果是別人說你太嚴肅而認眞，你也會開始懷疑自己的幽默感和心胸寬不寬大之類的問題。

譬如常常瑣碎而敏感，有時就像咒語一樣，在最糟糕的時候，通通被應驗。有時又像失控的飛航，體無完膚，完全因爲瑣碎而敏感。自己陷在一座座築起的高牆城堡內自怨自嘆自我毀滅。

譬如常常只知道累積情緒，如果有情緒銀行，那麼我的情緒存款應該可以屬於ＶＩＰ級的大戶，若再加上高利率的複利計算，然後永遠不知道提出來消費，我想不久的將來我可以成爲情緒的億萬富翁，到時候絕對沒有人敢接近我。

「謝謝你，前面閃黃燈靠邊停。」

在大度路上，看見關渡平原捷運機場一整片黃色的燈號，很快很快後退。我下了計程車走在回家的斜坡上，早春的夜裡一層層薄薄的霧氣，發現原來自己有許多「不喜歡的感覺」卻有一種如釋重負的感覺，好像找到答案的喜悅，低潮的心情似乎也有了一點「痊癒」的樣子，是一種願意和自己面對而無法躲藏的心境吧！

掏出鑰匙時，不經意抬頭看見黑澄澄的夜空下竟有著閃閃亮的星星，啊啊，是呀，就是這樣的心情啊。在一連串的積壓、鬱卒之後跌到谷底，毫無退路的一個人的時候，老就老了吧、古怪就古怪吧、嫁不出去就嫁不出去吧，我就是我，我可以體會到我、感覺到我、誰都無法代替的我。這樣一想，突然很想站在家門口，吹一點晚風，看一下星星。

七次駕照

第一次：風和日麗

教練對我們信心十足，熱心叮嚀一切就像在教練場一樣，規則不變、條件固定，千萬不要緊張。

呆呆地一個人站在待考的等待區裡，突然想到他跟我分手的一些話，很想就這樣走出現場的考試。

嗶——嗶——嗶。

S型壓線。

灰頭土臉的我，看見教練微胖的身材拿著大哥大看見我，驚訝張口說：沒過呀？

拖著因失戀體重急遽下降的身軀，炎夏的風從考場廣場吹來。

第二次：炎熱

已經在教練場整整練了一星期。

每天溫度高深的午後一點，穿著黑膠底布鞋，剪得很短很短的頭髮，深色T恤，頂著烈陽步行到教練場，像熱戀教義的苦行僧，嚴肅而執著。想藉著考過駕照證明自己還有一點價值。

這一次輪到我坐在駕駛座的時候，腳踩油門，右腳竟然不自覺抖起來，心想：完了！

快要出S型時，嗶——嗶——嗶——壓線。

拿著主考官的分數卷，走在熱氣蒸騰的考道上，遠遠看見熱心載我來考試的父親，站在大樓落地玻璃窗前，我想，下次還是我自己來就好了。

第三次：32℃

沒有冷氣的教練車是給我這種不怎麼爭氣的學生練習的，我很識趣，沒有費太多心思去爭取什麼，熱氣加上笨重的方向盤，常常半個小時下來身體就像淋了一場大雨。遠遠看見沼澤處停著的鷺鷥飛過草叢。

倒車入庫、路邊停車、S型、直線加速、上坡起動。

看不到原來的教練，但是聽見另一個教練在場上說：妳開得不錯啊，怎麼又沒過？

第四次：終究高溫

上坡起動時熄火又壓線，被主考官請下車。

很勉強地走到站牌等公車，不是上班時間的公車上，沒有多少乘客，我坐在後面靠窗的座位，搖搖晃晃的車身，眼淚從臉頰落下來。

怎麼辦？勇氣、信心、力氣全跑到哪裡了？怎麼它們全隨著愛情的消失而躲得無影無蹤？

第五次：晴朗

教練場搬家了，我改騎腳踏車去練車，總不能就這樣放棄，再怎麼說也不能半途而廢不去完成這個考試，雖然考過一張駕照沒有什麼大不了，可是在這麼一個找不到任何支撐自己的時刻，發現原來我還能完完整整完成一件事的心情是如此重要！

第六次：偶陣雨

進到待考區的警衛一個星期看我一次，這次終於忍不住說：妳又來了！

第七次：無法形容的

最後剩下直線加速這一關。

我用很複雜的情緒，繞過一個圓環，下考場的車子，感激萬分接過已經確定考過的考試卷，我走到發駕照的櫃台，我等著叫我名字時的那一刻。我等著！

我以爲我會過分濫情而淚流滿面，竟然沒有，恍惚接過寫著我的名字的駕照，回程走到站牌，聽見馬路上有急促的喇叭聲，一抬頭是那個誇讚我開得很好的教練，隔著嘈雜的車聲對我大吼：妳——什——麼——時——候——要——再——去——考？

聽到教練那麼熱情地問我，不知道爲什麼，我開始激動起來，我熱烈地看著教練大聲地說：我——已——經——考——過——了……

然後我開始哭，雖然知道很丟臉、很沒志氣、很脆弱、很不知所措，我聽見教練說：考過就好了啊！我的眼前越來越模糊，對不起！我只是，只是突然想到，想到和他分手這件事。

生日很快樂

坐在高級的葡萄牙菜加上廣東料理混合式餐廳，八道主食已經陸續收走，甜點擺了三大盤在眼前，我正想許下三十二歲願望的一刻，突然在座的朋友硬要想想前一年的生日是怎麼過的？想了半天沒有人記得起來，更重要的是連我自己都給忘了。亞君一直不放棄抽絲剝繭地思考著，她點起一根菸在裊裊白煙中，語重心長地說：我一定有記錄，我回家查查看。

「是不是在卡斯比亞？E送了一張『郵差』的CD給我。」

「不是不是，那是三十歲生日的時候，我們在大安森林公園慶祝的。」

是的，那天和一群朋友在大安森林公園的表演舞台上，五月的狂暴烈雨，我們跟同樣躲雨的的年輕朋友，借了他們正在練唱的CD音響放著「郵差」電影配樂，喝著梅酒在狂洩的大雨中點著燭光說著心事，雨聲瀝瀝作響，舞台上躲雨的情侶在暗處互相擁抱與親吻，雖然人聲晃動，但彷彿看不見其他人的眼光，是狂烈的大雨，把情感全沖積到舞台，我的三十歲生日，還未找到愛情的那天，在微醺的梅酒中傾吐對未來的期許。

但是，雨實在是太大了，我們不得不從舞台上撤退，尋找夜裡仍舊願意收留淋濕的一群人的咖啡館，冒著大雨走過長長禿禿黑漆漆的步道，雷聲隆隆作響，每打一聲雷就引起眾人的尖叫聲，這是哪門子的雨啊？夜裡十一點商家全打了烊，哪找得著咖啡店？最後不得已在GIORDANO拉下的綠黃色鐵門前合影留念，落湯雞的一群人，春旭穿的新鞋、E的相機、我的黑色碎花裙。那一天的相片一直沒有洗出來。

我以爲我們就此結束這種猜測，至少一年沒有去記起來，想必也不是內心重要的一刻，雖然承認過了三十，但是內心抵抗時間，排拒歲月的心情是愈來愈頑強而不知所然。我們在猜測生日的慶祝日時，竟同時害怕著時間的匆匆、生命的重複。

不知道是誰首先發難，亞君說有一天想到自己的生活安排哪有時間寂寞？上班、上電腦課、打掃、寫劇本、每個星期回家和家人相聚，哪有時間寂寞？可是她說如果她不寂寞怎會想到自己寂不寂寞的問題？春旭每天早上刷牙看著鏡子總是會想到怎麼一天又過了？只有E義正辭嚴，彷彿時間不會阻止一切，不會打擊信心摧毀意志。

我們還想繼續對時間感嘆下去的同時，晚上駐唱的歌手和樂團已經放聲大唱，鼓聲電吉他的都會夜生活正展開序幕，我們停止對談，在女歌手嘶吼的長音中舉杯互祝幸福。

回到家，發現兩個星期前放在鞋櫃的皮鞋，因爲潮濕而長了霉，這雙黑色皮鞋曾經是我的最愛，隔著兩天總要穿上一次，我驚訝看著霉塊佈滿鞋面，發著抖隨手拿起放在書架邊的抹布，把鞋帶一一解開全面擦拭鞋面上的青青藍藍，抬頭看時鐘指著十二點，多麼不想結束的一天，終究還是結束了。

我對自己說：生日快樂，也許妳會一天比一天老，也許妳會漸漸記不起一年年的慶祝日，也許妳開始發現自己以前不知道的缺點，也許妳一個人總感到有點失落，就像原本愛穿得不得了的鞋，竟長了霉。也許妳爲自己的軟弱等等總覺得想掉眼淚，也許妳眞的也哭了。但是，但是，妳愈來愈相信自己，愈來愈了解自己，妳忍不住爲自己乾杯，漸漸發現有時候我們慶祝生日，並不是因爲年齡，而是因爲年齡的增長，可以讓我們更成熟、更會表現自我、更靠近自我。

我對自己說：眞的，生日很快樂！

Kabuki（日本歌舞伎）

決定一個人去看Kabuki的時候，其實內心有一點不安，雖然也沒有想要證明自己獨立之類的心態，可是要獨自前往的決心，確實讓拘謹的我，掙扎了很久，譬如說：要一個人買票、一個人進場、一個人找位置、一個人坐在椅子上；中場休息時，一個人上廁所、一個人看著舞台、一個人體會喜怒哀樂。有時愈想就愈提不起勇氣。習慣兩個人一起活動的依賴性，教我一個人去改變確實有一點痛苦。

但是，我還是決定一個人去看Kabuki。

「因爲在白天裡獨自欣賞，是爲了能夠好好享受夜晚的時光。」（曾經介紹Kabuki特色的一個主持人如此說過。）

我特別選了一件較爲昂貴，無袖、色彩鮮豔的絲質罩衫，白色針織外套，配上黑色直筒褲，讓自己在屬於一個人的週末裡光鮮而快樂。沒有被逼婚的壓力、沒有相親的尷尬，純粹因爲要欣賞一個表演，身心是自由的。

計算好時間，悠閒地走了二十分鐘到表演的場所，一路上看看商家、看看馬路上的大樹、曬曬太陽，離開場還有一段時間，在表演場看預告的海報、兌換一個小小的紀念品、照照自動門反射出的自己，然後入場，也許因爲只有我一個人，形單影隻的同時，突然也有一種快樂的咀嚼在心裡慢慢醞釀著。

第十三排第三十二號，朋友知道我一個人看Kabuki時，開玩笑地臆測各種「機會」的可能性，雖然是玩笑話，但是當我坐在偌大的表演廳，尋找一個人的位置時，腦中閃現的，竟是張愛玲式的相遇：同樣的另一個人，也同樣尋找著一個人的位置，就這麼剛巧碰上了，沒有早一步，也沒有晚一步。哎呀，想太多了吧！

「藉著表演舞台上的演出，舞台下的觀眾也許更會演出屬於自己的人生舞碼也說不定。」（主持人又如此說。）

當我坐了下來，環顧兩旁，發現右手邊坐著年近六十的老先生，左手邊是一個十七歲的高中生時，突然對自己的無聊猜測感到好笑，我專心看著表演，當最後一幕全場燈光盡滅，再啓幕時，眼前是閃閃亮的色彩繽紛，藤娘化身紫藤花精，盡情在舞台上變幻各種顏色服裝，她的手勢、姿態、眼神……充分流露著對愛情的嚮往。

我看著看著，深覺感動而熱淚盈眶，是因爲藝術的美麗而讓人感動？還是在距離這麼遠的舞台上，主角用最簡單的肢體表達了在心中最寂寞的情慾？我不知道。

走出表演廳，夜晚降臨在一個人回家的中山南路上，我想，愛情會出現吧！但是，應該不是現在，不是在我仍對自己的個性還忐忑不安時，不是在我仍對自己還不夠有自信時；「愛情」應該在我最完整的幸福裡。

游泳課

這是我第二次學游泳。

第一次參加一星期的密集班，我犧牲一堂去上日文課，加上卡到星期六的一天下雨，基本上我只上了四天課，朋友每次問我：妳學會了嗎？我總是很大言不慚地說：我會漂了！結果總是換來一陣訕笑，但是對我來說那是決定性的一次課程，「敢在水中放手漂浮」，對我來說是直到現在，我仍舊是我內心深深感謝的一件大事。是的，你又笑我了！可是說眞的，我學習著安全感也是從那一次慢慢開始的。

這一次我很快就準備報名，主要是因爲發現自己胖了！

報名前必須先附上體檢表，我利用上班前一個小時到就近的公立醫院，醫生看著表格問我索取體檢表的原因，我突然覺得有點不好意思，因爲當我在問診室外等待的時候，醫院的電視牆上正播放自製有關婦女產前產後的call in節目，一個女孩子call in進去，三十歲已經結婚生了兩個小孩。護士叫我的名字，領我坐在問診室內的椅子上，醫生看著我，拿體檢表做什麼?嗯，我——我——要學游泳……

見到游泳教練時，充滿這一次學習的信心，美麗高挑的女教練，彷彿是這次的終極目標，是錯覺嗎?我告訴自己等上完這個課程，就可以像她一樣。我努力抬腿、放輕鬆，從水母漂開始。還特地請教其他會游泳的朋友，一個年輕的畫家朋友形容蛙式像在水裡打太極、仰式最好玩可以看天空。我催眠般地爲自己做每次練習前的心理建設，很有用，一個半小時的游泳課，告訴你，我已經一點點往前滑進了。

不放棄學習，總是讓人充滿目標。甚至看見人生風景。

第五堂泳課結束的時候，原本安靜的練習池充滿了許多吆喝聲，原來一些義工帶著唐氏症的小朋友在水中玩耍，我等同伴盥洗完畢的空檔，一個人坐在池畔的椅子上，看著小朋友在水裡玩著呼拉圈架起的山洞，他們把彩色球從水的這一區丟到那一區，有些家長拿著V8專心拍攝，我看見一個穿著粉色花泳裝裙的小女孩，一個人在水中兩隻手比畫著蓮花指，然後頭還會微微左擺右擺，就像舞台上的名伶。等義工姐姐叫她，她才慢慢沿著池畔滑行，她慢慢滑、慢慢滑，滑到大家的遊戲裡。

看著他們小小身影的移動，我感到如此快樂。實在不需要為了什麼減肥、縮小腹，為了要保持魔鬼身材而有運動的理由。

能夠如此自在伸展自己的身體，就是一種無上的幸福了吧。

上台演戲

導演說，如果我們不想演可以放棄，他導戲這麼多年沒有導過像我們這樣「散漫」的演員……地下室「舞蹈空間」小劇場的空調轟轟響，兩面牆上的落地鏡反射生氣的導演和把台詞掉得七零八落的我們。一九九五年六月，夏天剛剛開始，走過敦化北路一百二十巷，已經可以聽到慶城公園的聲聲蟬鳴，那時我們正加緊排練，包括亞君、阿瑟、E、人華、春旭、惠、黃玄、林，我們叫「非劇團」，演出的戲碼——淡水小鎮。

一開始其實不知道原來這樣「盛大」，我的意思是原以爲只是大家好玩，若有誰想嚐一嚐上台演戲的經驗便試一試無妨，後來漸漸發現一切來眞的，台北市政府委託專業劇團，針對非演員社團所舉辦的活動，在台北幼獅公演三天，對外賣票演出的。

記得很清楚是E問大夥想不想演戲？大家在同一個辦公室，躍躍欲試，好啊！

然後有一天導演來了，想與大家聊一聊，亞君在學校主持了數次學生晚會，惠私底下就渾身是戲，現在有機會當然願意一試，平常沉默害羞的春旭被E說服，黃玄被惠鼓動，阿瑟是因爲劇中鄰家太太的角色，再也沒有人比她更適合，E是整個事件的第一人，後來加入的人華、林。所有的人幾乎都是第一次上台演戲，包括我自己。

導演先訓練我們劇場表演：呼吸、發聲、開發肢體表演的可能性，我們從「啊」開始慢慢大聲，最後一口氣發聲出來。我們兩人一組互相喊話，內容是——

鳳——儀——妳和他在一起的時候有沒有想到我。

有——但是不太多。

（和我對話的那個男生因爲聲音渾厚令人印象深刻，雖然他後來沒有演出，但是發聲練習的這一幕因爲他的聲音，竟然變成後來回想起來的標記。）

我們三人一組擺出不動的 pose，然後說故事；我們繞圈圈做運動，導演說要訓練我們在舞台上自然反射的肢體動作。就這樣，就這樣，我們從四月開始，維持每星期至少三天的排練包括週末和假日。

最後分配角色，E是舞台監督，全劇中的靈魂人物台詞最多，亞君是女主角艾茉莉，黃玄是男主角陳少威，春旭是艾太太，我是陳太太，惠是少華、我的女兒，阿瑟是鄰家太太，還有酒鬼小王。人華是選角當天出現演艾先生，扮演陳先生的林是一波三折之後，E一星期打了十個男生的電話才千辛萬苦找來參與演出的……導演確定了我們劇中的身分，也更確定我們朝向整齣戲的中心，時間表出來：五月初丟本，六月九、十、十一日公演。

所有參與上台演戲的夥伴，卯足力氣，包括排練完的默契培養。我記得我們坐在速食店，拼了兩張桌子，每個人開始提出對劇中角色的意見：林說E演的是舞台監督，全劇中的靈魂，所以一出場在舞台上應該更有自信，才能把全體的氣魄帶出來；亞君對阿瑟說只要她把平常的聲調語氣拿出來，就是很好的詮釋；E希望我的聲音能再更亮更大聲，否則後排觀眾席會聽不到我的聲音；最主要是大家希望亞君和黃玄在劇中應該更投入艾茉莉和陳少威的愛情裡；演艾先生的人華還不夠專心；艾太太春旭要再放開一點；惠希望她能增加更多台詞。雖然大家都非專業，但是既然已經上台演戲，就不能有業餘者的態度，大夥一致這麼認同著！

第一次拍定裝照的時候，我和春旭、阿瑟穿著改良式旗袍；黃玄、惠、亞君穿著學生制服；小林和人華穿著復古的西裝外套；E是一套深色洋裝，舞台上五十年代在淡水的家常百姓，出現在九十年代的鎂光燈下：颱風天後做完禮拜的三姑六婆、蜜豆冰店裡的兩人誓言、聞著茉莉花香看著星星說傻話的夜晚。我們單純想望舞台上的新鮮，不知不覺卻被舞台的氣味所感動，時光走著、走著，竟然回到蜂王黑砂糖的香味和大同電扇吹的風。

陳太太、艾太太一早送走上學的孩子，開始剝豌豆聊家常，艾先生從新聞社回家，艾茉莉和陳少威上學、打棒球，他們看月亮編織未來的夢，而人總是要兩個兩個在一起的，當艾茉莉和陳少威兩人結婚，走進禮堂，然而艾茉莉在一次難產中離開了這個世界，當她有機會回到她世間曾經的生活時，卻無法扮演過去的自己，時間過得太快，她看不清楚一切。

是啊！時間眞的是過得太快，讓人多麼不捨，當最後一場戲結束時，我們陸陸續續出來謝幕，站在舞台上的那一剎那好像永遠不會結束，燈光在頭頂亮起，那麼亮，亮到彷彿不會熄滅一樣，花束從台下一把一把獻上。

彷彿我們還在舞台上做著開演前的發聲和熱身操，舞台下眾多親朋好友爲我們捧場加油；彷彿還在爲自己第三幕〈再見淡水〉扮演靈魂的妝而緊張，因爲謝幕時怕暗戀的男生上台獻花會來不及塗上胭脂；彷彿亞君的男友還在彩排時爲我們大夥拍照，可一演完戲便協議分手；彷彿台詞最少的阿瑟好不容易全把台詞背熟了，偏偏我漏了一句話讓她減少兩句台詞，而從此不會忘記原來一齣戲她只有八句台詞；彷彿E仍在期待最後一場演出，喜歡的男生可以來看，誰知慶功宴上的一通電話還是讓她哭紅了眼；彷彿春旭還在第三幕獻出她的擁抱、惠在第二幕向著演媽媽的我炫耀她美麗的新妝、小林和我在月光下的散步、艾先生對艾茉莉說，好好享受妳的夜晚。

我記起那一天導演發完脾氣後，依然要我們從頭感受戲裡的情感，我們從第一幕開始，正式的，換了裝的，在未正式演出的一個星期天先行粉墨登場，接近夏天的朗朗晴日，窗外敦化北路一百二十巷的慶城公園唧唧蟬聲，第三幕最後，艾茉莉要告別人間回到天堂，她哭倒在舞台上。我坐在黑椅上代表死亡的角色裡，突然覺得鼻酸，亞君演得眞好，E、春旭、惠、黃玄、小林、人華還有阿瑟都讓人難忘。如果記憶允許沉澱、如果記憶允許擁抱，在那個普通的星期天下午，我已經擁有了最溫暖的，關於上台演戲的一次美麗經驗。

夢想

她細心地在每個小熊的後面，用筆寫了幾句簡短祝福的話，小熊有各種造型，她隨著對每個人的期望而選擇贈送，最後，她也不忘留給自己一個，並且爲了紀念這次的見面，她在留給自己的小熊後面，記錄了這次聚會的每個人的名字。

她帶來照相機和筆記本，相機用來拍下這次的聚會。每個人在相機面前展現了閃閃亮的笑容，窗外雨勢漸大，新年開始我們都有新的希望在心裡被承諾。筆記本準備給大家寫下一些話，她起了一個很通俗簡單卻不容易做到的開頭：「快樂是——」我在聊天的空檔在她的筆記本寫下：是享受幸福的美食、是和老朋友見面、是下雨天有帶傘、是喝一杯咖啡、是種一盆茂盛的黃金葛、是看到心愛的人，心依然蹦蹦跳……

她的食量仍然驚人，認眞品嚐和風雞排套餐之後，又吃了別人的薯條和炸雞，並頻頻詢問爲什麼我的飯還剩那麼多？她精神高亢、談話中氣十足、道德標準是屬於五十年代的善惡分明，她關心地詢問每個人的現狀，並且鼓勵在座的每個人。

她談起換工作的經驗心情，對於目前生活的滿意度是百分百，搭十五分鐘路程的公車上班，午餐訂公司十七元的便當，上網看世界，腳步在調整，心態也在調整。

她讓我們看她手臂上的肌肉，瘦小如她、年長我們如她，竟鍛鍊出強健體格，精神愉悅，朝氣滿滿。

她還是不放棄愛情，一有對象，便談起戀愛，又快又刺激，毫不忌諱；也曾傷心、也曾痛苦，卻永遠需要愛情來治療她的虛空，她只要愛情不要婚姻。

她要再爭服大霸尖山。

她要回家鄉當小學老師，並且貢獻所學給家鄉。

她要準備中醫的檢定考，現在的閱讀是生物學、解剖學。她要完成小說，關於幻想、夢境、愛情。

我們最後在大雨中互道再見和晚安，我跳上公車站在門口和她們揮手再見，夜晚潮濕的雨氣暈染在車窗上，今夜溫度稍降，不自覺拉起衣襟坐在靠窗的位置，如果有一種幸福可以回味，在逼視窗玻璃呼出的熱氣，看著漸行漸遠的她們的身影，應該也是一種溫暖的味道吧！

ガッチャ!
フジテレビ

2 卷二

療傷茶飯事

關掉電燈、電腦，鎖上門，搭往郊區的捷運，在平穩的車速中，

車過劍潭，讀著小說裡輕盈的對話，為著小說裡都會男女幾乎乾涸的生活方式，讓我想要嘔吐起來……

闔上書，閉上眼，認真想著要寫下來的這一年，深深感到文字所帶來的一種傷感……

止痛甜品

看著她騎著機車漸漸離去的背影時，我也轉身離開，一時之間竟然不知道應該走向哪裡？於是我只好往前走、往前走、一直往前走。

一個普通週末的黃昏，漸漸入夜的城市路燈還未亮起，這是交通繁忙的商業幹道，可是平日行人如織熱鬧滾滾的紅磚道卻見不到任何一個人，我往前走，不知道爲什麼竟然放聲大哭起來，我愈抑制愈無法控制自己的哭聲。

耳邊不斷重複著她剛剛在充滿起士香味的義大利麵館裡所說的話，語句清晰但表情空洞談著先生外遇的痛苦，一字一句敘述經過的不堪。

我繼續茫然地往前走，快速地走，希望用走來停止我的哭聲。

第一次爲朋友這樣流著眼淚。是因爲情感眞的那麼不堪一擊嗎？或者是因爲在她執意挽回的堅定當中，我已經先放棄了支持她的勇氣？

不過事情後來有了變化，原本意志滿滿一定要維持婚姻的決定，她反而自己主動提出離婚，理由是不想再扮演過去婚姻中的自己了，因爲累了。一直以來在朋友中她特別懂得修飾細節，有時就連切切水果，她切的線條都那麼完美，穿的衣服和背包總是讓人眼睛一亮，可是相問之下才知道是地攤拍賣便宜又好看，一屋子的細碎雜物她井然有序收納堪稱高手，她愛朋友到家作客，這樣餐具刀叉杯盤才可以一一分享。

決定離婚後她很快搬離居所然後咬牙貸款買了房子，她要一個屬於自己的空間，並且能夠在所擁有的冰箱放著鮮奶，房子有烤麵包的味道，這樣便覺得人生很幸福。

開始獨居生活以後，甜點似乎成了她唯一的慰藉。過去我從來不知道原來一個人可以爲了吃甜點而有如此幸福的表情，從她身上我漸漸理解那彷彿是一種不可或缺的生活儀式，她說自己有一個吃甜點的胃，果眞如此，一口一口甜品入胃，孤單淚水都可以被融化而止痛。不過當她發現自己無端胖了六、七公斤的時候，她漸漸失去過去的神采，每次見面明明還算中等身材的她，卻一直擔心胖了、又胖了又胖了。拿甜品來填補空虛與寂寞，只會養胖自己的脂肪卻減不了心傷。不過吃的當下一切也並不是那麼重要了，每次我看見她擁有了那短暫的滿足而快樂時，就覺得吃吧有什麼關係呢，若一場甜食饗宴可以治療一個靈魂。

不過就像當年毅然結束婚姻，她終於理解到再胖下去也不是辦法，她下了決心節制甜品的食量，也或許是因爲傷痛已經漸漸遠離了，人的復原能力眞的很神奇，原來只是療傷甜品的消費者，現在成爲學習製作甜點的高手，從巧克力蛋糕到黑糖糕，從肉桂葡萄餅乾到薰衣草口味，她變成養胖身邊朋友的甜品專家了，有一次在聚會中，來自德國的朋友特別說她的手藝甚至比維也納一流的甜點專家還來得好吃。

人的睡眠需要睡一場甜甜的覺，人的傾聽希望可以聽到甜美的話語，甜甜的笑容可以讓人忘記煩惱，如果被心愛的人叫了甜心，那更是快樂無比。

精神上的甜味如此重要，更何況是實際的味覺。我漸漸明白，原來甜品眞有止痛功能！

尋找悲傷轉乘區

多年以後想起來，總是問著自己，那個晚上究竟是怎麼一回事？大學時期的朋友宋，是很貼心非常溫柔的死黨，當她進醫院檢查出癌症時，我們這群要好的姐妹沒有一個人願意相信，開完刀的她削短頭髮依然精神奕奕，她堅決不做化療選擇到南投山區嘗試民間療法，可是一個月後又再度被送回醫院，但宋並不放棄任何機會，一聽說林口某個電療中心非常有效，也積極展開每個星期一次的電療。

那時我常常下班之後搭著22路帶著晚餐到醫院看她，就好像有時候相約一起看場電影一樣那麼自然，有一天並不相熟的朋友說是介紹個優秀男孩讓我認識，於是我想赴了朋友的約再去看宋。

我們約了在東區一家西餐廳吃飯，一進餐廳便看見男孩的高瘦樣子，笑開來時和我一樣有著小虎牙，我們互相交換了名片，朋友介紹彼此的工作並大力誇讚優秀男孩，我一邊舀起瓷碗裡的蘑菇濃湯，一邊與優秀男孩談笑著，他一邊切了一塊烤羊排，一邊與我談著工作新案的構想，一整晚的餐敘流暢度過，最後優秀男孩順路載了我一程到醫院，只剩下我們兩個人的車內，我卻如何也擠不出話來，我默默看著窗外的街景，優秀男孩問了探望朋友的病情之後也無語。

踏出優秀男孩的車我揮了手說再見，進到病房時已經快到訪客門禁的時間，病房沒有人，護士站的護士告知宋到林口進行電療了。我坐在病房的椅子上等著宋回來，身上還沾滿著燒烤料理的香味，耳邊也縈繞剛剛在餐廳裡的談話，我的心跳還噗通噗通躍動著，雖然我坐在病床邊可是卻聞不到藥水和死亡的味道。我手上翻著書整個心浮動起來，安靜的病房裡只聽到護士在走廊的跑步聲、推門聲，我留了字條給宋告訴她我來過，然後離開了醫院，沒能等到宋回來。

第二天早上接到宋的家人來電，宋在昨天晚上過世了。

昨天晚上？不就是我離開的那個晚上嗎？

那個晚上我去赴了一個約會，然後心花怒放地陶醉在美食與笑語中，我雖然回到醫院但其實並不在乎是否會看到宋，如果能夠看到她便和她說說話，如果不能看到她也沒關係因爲第二天第三天下班之後我可以再去。

現在等我再度趕到醫院，同樣的路同樣的樓層同樣的病房，病床是空的，我的朋友已經死了，就算再等上一個小時兩個小時，她也不會再回來，可是昨天晚上我有那麼接近她的時候竟然連五分鐘都不願意再多等一下？

我慢慢走出醫院，自動大門一開，迎面滿是夏天喧鬧的蟬聲，我突然感到很悲傷，站在行道樹下開始哭起來，原來普普通通的一聲再見都沒有機會了。有沒有轉乘回到那個晚上的時間列車，讓我等著宋回來，我要用友情緊緊握住她的手直到上帝帶走她。

西門
台北車站

兌換秘密

那一定是宋長久以來想要隱藏的秘密，只是沒想到會以這樣的方式讓我們知道。

車子裡只有宋的表妹和我，表妹一邊握著方向盤一邊緩緩地說著最後一個晚上離世的宋，我眼睛筆直看著車窗外的八月溽暑，熱氣蒸騰的花東公路，忍不住啜泣起來。

接著表妹說至少宋也愛過。（我看著表妹不明白什麼意思。）妳知道她的事吧？（我沉默）他後來就沒有來看過宋。（心裡疑惑他是誰？）突然感覺到車內的冷氣太冷了些，相握的雙手忍不住顫抖，表妹繼續緩慢說著，其實最後一段時間他很鼓勵宋，每一次電療之後非常痛苦，宋和他通了電話才心情好一點……表妹依舊說，可是我的耳朵好像只聽到車子在豔夏的公路上風馳電掣中輪轉的引擎聲。

我以爲我們之間無所不談，大學一起的死黨，一起辦刊物、唸書，出了社會工作三不五時一定約了聚會，就算再忙也一定通電話問候，她陪我度過失戀的挫折困境，可是關於自己痛苦情感的掙扎，她從未提過一個字。這是怎麼回事？我幾乎想對友情的虛幻咆哮起來！

表妹領路帶我們來到宋最後落腳的地方，寧靜秀麗的半山腰佛堂，雖然搭不上酷愛流行資訊的宋，但風景遼闊可以眺望廣大的西瓜田地也堪稱安慰，晚上回到小旅店，躺在床上張眼問著其他人，每個人都說宋的情感是很被自己秘密隱藏的，聽她談過幾次工作所欣賞的典型之外，便沒有再說過任何一個人。換了職場之後一起合作的小碩開始拼湊出一張破碎的理解圖，原來她最後還是痛苦地必須接受戀人是有妻室的，但愈是如此愈無法自拔自己的情感，她曾是要慧劍斬情絲了，只是決定和實際之間，太難了！想起有一次和她回到花蓮外婆家，宋悶悶不樂的樣子，怎麼都不像原來的她，似乎有話要說卻又極度閃躲，如果當時我能夠多一點敏感，她會對我說吧？

同樣那一年宋突然來電祝新年快樂，電話那頭人聲嘈雜訊號斷斷續續，問她在哪裡？她說和朋友在一起倒數，沒有多說什麼便掛了電話。現在想來當時的她快樂嗎？

我悲傷地生著悶氣，是因爲發現自己的遲鈍，也發現自己從未了解過她，更無法理解她從來沒有相信過我們？

在深夜之中微微亮著小燈的花蓮旅店，我們各自無語思念宋這個朋友，最後不知道是誰幽幽地吐出，也很幸福啊關於宋，至少她是愛過與被愛的。

靜謐的旅店房間裡，除了空調聲之外，沒有人再說一句話，那幸福兩個字好像長了翅膀慢慢飛在幽暗的光線之中，是啊，若果如此，就算她並不急著和我兌換秘密也不要緊，因爲那是屬於她的情感，是任何人任何事任何言語所無法去訴說的一份情感，是我想要去分擔去分憂去安慰也是枉然多餘的一份情感，這份情感已經無關乎傷害與被傷害，道德與非道德，在人生的旅程中不小心碰到了死亡，兌換了秘密也無法提領了，但我總能好好收藏起來，就當是生命裡一份意外的禮物，永遠永遠沒有保存期限。

傾聽者

他每兩個月左右總會打一次電話問我哪天有空可以一起吃個飯，我的回答通常選擇在公司附近中午休息時間，在熱熱鬧鬧的速食連鎖麵店。

他見了我並不像一般職場上的客套招呼，總是隨即拿出他剛從屏東古墓遺跡所挖掘出來的斷枝殘節，類似穿戴飾物之類的東西，或者幾朵乾燥壓扁的植物標本，放在服務生尚未擦乾淨還留著油膩菜渣的桌面上，一一解釋它們的典故，或者說著他如何在颱風夜之際騎著摩托車一路上南投山區的爛泥小路，騎在滾滾土石流阻斷的通道，有驚無險逃過斷橋塌陷的危險，只爲找一座遺址。我默默聽著，看著他黝黑發亮眼角滿是皺紋的臉上掛著空空洞洞的大眼睛，彷彿他從一個古老的蠻荒境地突然走錯了時空隧道一般，我知道他要說的不只這些。

「最近我特別想到她。」是的，終於。每一次當他打電話約我見面時，他想要說的其實就只是關於他如何想念她。

「這是她留下來的幾捲錄音帶和卡片，請妳幫我拿給她。」「這是她的幾本書，也許她需要。」（泛黃的封面）「這是她幾張朋友的名片，請妳拿給她。」（好像是很久以前的名片）都是一些極其微小的物件，但是他堅持要我轉交給她。我默默收下，然後默默轉交。過去他和她是我極其喜歡的一對佳偶，現在我是介於他們中間的傾聽者。

「很怕回到台北，很怕回家。」連鎖麵店中午時刻特別放送快節奏搖滾的背景音樂，人進人出大家都是吃碗麵簡簡單單塡飽肚子就走，但他無視周遭環境，繼續說著爲了遺忘和她過去的一切，把自己丟出城市以外，他入山在荒郊野地協助研究教授挖掘墳塚遺跡，每次每次他也絕望的想把自己埋進去埋進去。我聽他說，無法回答什麼。

他繼續把自己的迷惑用失神的疑問句丟給我，不明白爲什麼她要離開？然後他深深陷入沉思，旁邊一桌客人夾起一口辣味泡菜一邊講手機，混著音響中嘈雜的音樂，他稍微回了神說謝謝我聽他說這些話，能夠跟我見面就好像可以看到她一部分的影子……我苦笑。

一頓飯吃下來，他往往把我帶進一種莫名的悲傷與絕望中，徹底不會安慰人的我很想大聲告訴他，大家都是凡夫俗子，每個人有每個人的痛，好好生活下去比較重要。

但是話一直沒有說出口，他再度約我吃飯時，身旁多了一位年輕少女。這次我們在一家連鎖咖啡店，少女去櫃台點餐，他坐在我對面咧著嘴充滿自信笑著說：「我不用再想她了。」不久少女端著咖啡坐在他旁邊，看著他們兩個人，我知道自己作爲一個大聲疾呼「你必須活下去」的任務已經結束了，可是不知道爲什麼竟然有一點點失落，也許是咖啡店裡的嘈雜、也許是少女的笑容、也許是他興高采烈說了那一句「我不用再想她了」，讓我突然覺得原來感情的消失，可以一下子變得那麼具體，與不著痕跡。

說一聲祝福

她是我們日文教室的班長，雖然沒有經過投票表決，可是大家公認她的認眞和積極鞭策的態度，最適合擁有這一頭銜。

上課的時候她三不五時帶來最道地的蜂蜜蛋糕，或者咬勁十足香味一等一的豆干茶點，或是明星咖啡屋招牌俄羅斯軟糖，然後頭頭是道說起背後典故。

她從來沒有參加過我們的課外活動，譬如說有一回大家一起去看鐵道員電影，去「最後的華爾滋」喝咖啡，有一回大家相約到嘉義新港探望剛生產的日文老師，有一回去台電員工餐廳吃酸菜白肉火鍋。她都因爲工作緣故沒有出席，可是卻會細心幫大家製作一張精美聯絡表，或一路小心耳提面命像是家中老大姐一樣交代行事禮儀。

我們知道她在銀行工作，皮包裡一定是新鈔，因爲每次繳學費她會把信封袋的舊鈔換上新鈔交給老師；我們知道她每星期二、五絕對不排任何活動，因爲這兩個夜晚她必定留給日語教室，就算銀行長官特別宴請，她也特別風度婉拒；我們知道她充滿熱情其實也特別害羞，我們知道她樂於助人但卻從來不麻煩別人。

不過，我們從來不知道她的感情世界。

她如此獨立，騎著摩托車上班上課，週末安排參加進修電腦課，每年報名檢定考、銀行內部升等考；她理性把關人生，很少情緒化字眼；她也感性享受生活，工作後的一杯咖啡、寫給朋友的e-mail，至情至眞保有赤子心。她年屆不惑，偶爾也有自己人生規劃上的瓶頸，也會在悠悠靜靜的夜裡思量著生命的低潮，但她一派自主，進退拿捏好似這輩子就這麼一個人生存著。

有一天，她來電說十五分鐘後到，特別交代我別移動他處，正在莫名她的造訪，但心想也許她突發奇想帶來道地的點心分享也說不定。沒想到一開門見她提著兩袋喜餅，平日樸素褲裝完全打扮成洋紅套裝，姣好髮型粉色雙頰，讓人驚不住大叫：妳結婚了？她點點頭。

所有工作上的同事、過去和現在的好友，沒有一個人知道她的喜訊，每個人都在拿到喜餅的那一剎那才恍然明白，她說雖然不是刻意保密但對於自己訂下婚約一事，一點都不希望眾聲喧譁怕給別人添麻煩。

收下滿是意外驚喜的禮盒，看著她敘述著彼此認識十九年一直都是忠誠的朋友，決定走入婚姻，是因爲他說要給她一個讀書的地方。而她一切從簡，妝自己畫、指甲油自己塗，最多上美容院整髮，不拍結婚照、不穿結婚禮服，就這樣自然一身。

這世界上有許多人擦身而過，但有許多人就這樣相遇了，有人走進婚姻，有人分手，有佳偶天成、有怨偶相向，有許多美滿、也有不少悲劇，但人的情感最終就是誠誠實實面對。

她說身分生活的轉變是一定的，但內心深處有那麼一塊地方的變化是只有自己最清楚明白的。她接著還要送喜餅去，雲淡風輕繼續去驚訝下一

位朋友。雖然我們從來不明白她的感情世界，但因那成熟而美麗的決定，忍不住想要大大說一聲：祝福妳，班長！

熬一碗鹹粥

總是有那麼些時候，覺得一整天快過不下去的絕望感。

她每天提醒自己工作上的計畫，每天換裝、換鞋、換背包，努力埋首在工作檯、定時打電話盯進度、寫e-mail傳送完稿檔案；她也積極實行生活上的安排，約朋友到新居熱鬧，和家人一起共享週末，騎腳踏車、打籃球、跑步，運動與學習並進，她每天搭著四十分鐘的捷運上班，下班又再搖搖晃晃搭著四十分鐘的捷運回到郊區的家，奮力在搭車的空檔一三五英文二四六日文雙管齊下閉上眼睛唸唸有詞，無論如何時間不是拿來療傷止痛，她要做一個偷走時間的賊，時間是拿來讓自己變得更向光、更美麗。

但是，但是，總有那麼些時候回到家的一個人，卸了妝、摘下隱形眼鏡、換下衣服，倒在沙發上抬起微微發痠的小腿，她突然感到徹徹底底的失落。她做不了賊，因爲時間仍然乘虛而入，讓她想起戀人有了絕望的片刻。

朋友說她癡情，她只覺得對自己的軟弱已經無能爲力了。

生命之中碰到快過不下去的那一剎那，她開始走進廚房。

一次她打開冰箱，拿出小黃瓜、蛋、冰凍櫃的碎肉、鮮蝦，她專心洗淨小黃瓜，用鹽巴水搓揉，用清水浸泡，然後她開始剝蝦殼，緩緩想起有一回感冒微恙，沒有任何胃口只想吞食清粥，戀人走遍巷弄帶了一碗魚粥，兩人窩在屋頂閣樓，呼呼吹著燙口的粥。不由自主想起那時的戀人心裡便感到溫暖，可是她搖頭極力想甩掉記憶。

開瓦斯熱鍋用蔥爆香，將碎肉及切丁小黃瓜和蝦一起熱炒，頓時廚房瀰漫蔥、蝦與碎肉混合的香味，竄入嗅覺的這個香味讓她記起以前在廚房看著媽媽在砧板上切切洗洗，然後就會聞到媽媽像變魔術一樣在鍋中炒出絕佳美味，而自己現在竟然也同母親一樣用熟練的動作，下鍋烹調那樣熟悉的味道。

接著她快速地倒入一碗水，蓋上鍋蓋等水沸騰，將剩飯取出，看著表面有點乾硬的飯粒，熬粥是最好的選擇吧，想起過去和戀人之間總是因爲一點小小事就硬邦邦地爭執起來，爲什麼兩人當時不能倒進一些快樂回憶來熬煮一下，愛情的香味、情感的柔軟度不就是這樣烹調出來的嗎？

水沸騰了，她將飯一口氣倒盡，關小火慢慢開始噗噗熬煮，一粒一粒過期的飯粒在鍋裡漸漸跳起舞來，她突然想形容給戀人聽，她很想對他說，說這是我特製獨家的海鮮粥，那是我專門調配的菜餚，是我新發明的菜單。她想要說，說時令蔬菜筊白筍水嫩嫩這時候吃正是時候，說涼涼秋意別忘添衣裳，說在捷運上看了遠藤周作的書不顧旁人嘩啦啦感動掉淚，說屋外公園芒草搖曳水鳥飛舞好不好約個時間一起散步。

她掀起鍋蓋，在鹹粥上撒了細鹽、日味海苔，鍋裡不斷冒上白白熱煙，彷彿在告訴她：什麼都不用說呀，他會知道的。然後她的眼淚隨著煙霧瀰漫兩頰，起鍋的鹹粥放在白瓷碗裡，她輕輕含了一口粥，告訴自己沒有什麼過不下去的，只要好好的，好好的過生活，一切他都知道。

停止傻瓜式的刷卡黑洞

她以爲自己不會那樣做，但是後來還是不知不覺陷了進去。

初始只是從買一本新的日文語言學習工具書開始，她單純地想讓自己在心情沮喪的時候，能夠有一個新的目標重新出發，雖然一直談不上有什麼進步，但唸著日文反而讓她有一種平靜的效果，於是尋找不同出版社不同版本不同功能的學習工具書，就變成她改變心情的一個方式。

她記起過去一個工作上的女主管，在失婚的那一段時間，每天就是逛街、逛街、逛街，幾乎東區的大街小巷都光顧過，就算衣櫥裡已經堆滿了還沒拆解掛牌的新品，仍然不停止地買。當時聽了頗爲心驚，剛畢業出社會工作的她，一個月一萬多塊的薪水，她知道自己絕對沒有本錢揮霍。

但究竟是什麼被改變了？或者那什麼其實一直沒有變？她發現自己竟

然也不知不覺在購物中想要彌補情感的挫折。一開始是書架上一本一本新的工具書，後來是衣櫃裡一件件新的衣服，鞋櫃裡一雙雙新的鞋。

她多像當年的女主管，雖然充其量只能選擇名牌出清的特賣會，她在試衣間裡，售貨小姐非常熱心爲她搭配，上衣裙子長褲外套洋裝，「眞的很好看！」「很適合妳！」「只剩最後一件了。」……色彩繽紛，心緒麻亂，她無法思考拿出信用卡交給櫃台結帳，聽見薄薄的一張卡片刷過機器跑出的帳單聲音，她沒有想要累積點數，沒有想要兌換贈品，也不是幾分鐘裡可以刷出十萬百萬的角色，她只是普普通通，在大都會裡存在的一個極其平凡希望節制心傷的女子。

她幾度嘗試瓦解美麗的物慾，卻老是像個耍賴的小孩，最後一次，這是最後一次了。但最後一次永遠沒有停止過。

一次就在她換上一套絲質洋裝時，突然看見鏡子裡一張疲倦、黑眼圈、極度蒼白、非常不快樂的臉，她想是因爲試穿太久而疲倦？還是因爲流了太多眼淚？鏡子裡的她雖然身上穿著嶄新的設計師名牌衣服，可是卻沒有一點神采，她在試衣間望著鏡中的自己呆了呆，她不是有一張青春姣好，讓人感覺舒服的臉嗎？是誰將她的臉替換了而沒有告訴她？是歲月嗎？還是愛情？她脫下當季新品走出試衣間，售貨小姐的甜美聲音還在耳際迴盪，她拿出卡，當場借了剪刀一刀徹底剪斷了。

儘管所有的信用卡都使出渾身解數推陳出新促銷贈品活動，現在的她只刷一種卡，那就是每天上下班的捷運悠遊卡，不用取出放在皮包裡就可以感應通過，可以繼續加值、可以轉乘、可以八折優惠，但她仍會偶爾想起那一張在鏡子裡疲倦的臉，當她踏踏實實面對自己情感的軟弱之後，才明白世界上任何一種黃金卡白金卡尊爵卡都刷不起的無價禮物，早就已經存在於自己的身上了！

解除星期日的憂鬱症

假期總是從吃飯開始。

大中小辣的印度咖哩、攏長排隊的肥前屋鰻魚飯、幸福的日式生鮮沙西米，或者是泰式料理檸檬魚、南北餃子砂鍋魚頭、涮羊肉火鍋。

情人之間的愛情假期，笑語鈴鐺，粗茶淡飯吃來都格外香甜，更何況每個選擇吃飯的去處，都是經過討論而決定前往一試，進入餐廳之後每道上桌的餐點也是你一言我一語十分鐘以上細細研究才慎重決定的。久而久之一餐飯的緩慢品嚐成了兩人假期裡最重要的一個方式，在對彼此的愛情飽滿之際，美麗味覺讓假期增添了無限快樂。

通常飯後興致好兩人會前往午後的公園或校園裡散步，或者對坐咖啡館，但是不知道從什麼時候開始，一餐飯結束之後，兩個人開始陷入一種周而復始的百無聊賴之中。有時候是因爲缺乏再去細細研究的熱情，於是便草草決定吃飯的地點，點的餐也不對，料理的味覺也不滿意，有時候是戀人和她之間無語無話只是埋頭吃食。然後他們早早說再見結束假期的約會，戀人送她搭捷運。

一進到捷運月台的她，往往在內心深處好像有某一個地方被強迫關起來的感覺。帶著這樣的心情坐上車，聽著車子在規律軌道運行的聲音，旁邊的乘客發出低沉的談話聲，她閉上眼睛身體隨著車子行進的速度搖晃著，意識開始昏昏沉沉而睡著，當捷運出了地下軌道，爬行上高架軌道時，她才迷迷糊糊醒來。

那時橘橘的深藍天空有初初升起的白色月亮，有一、兩顆星星特別閃亮著星光掛在旁邊，她看著看著竟然憂鬱起來，她敏感察覺到和戀人之間的沉默，於是想辦法要寶將談話用誇張的語句和表情來吸引戀人的注意力，或者盡量尋找戀人所感興趣的活動並極力邀約，但她一方愈努力拉近兩人的關係，卻愈感覺到愛情的飽滿漸漸削減了。她靠在車窗看見快速後退的路燈和行道樹，車內在假期裡前往郊區海邊的旅客人聲鼎沸，更讓她感覺到內心那一塊被強迫關起來的地方更形壓迫。

回到家之後她好像是一個盡職的演員，在戀愛舞台上使勁渾身專心扮演，幾乎是以著全部的精神來等待著週末和戀人的相聚，而一旦假期結束下了舞台，整個人就會像洩氣的氣球吧。她關起房門感覺到前所未有的極度的疲倦，她躺下床蒙頭大睡。

假期總是從疲倦的睡眠中結束。

如此每個星期每個星期，她全心期待和戀人的約會，最後在憂鬱的黃昏時刻返家，一路上熟悉的深藍天空，一盞一盞點亮的路燈，整個城市的建築被夜晚降臨前即將消失的光線定格住了，她並不清楚自己漸漸跌落在不可自拔的憂鬱之中，依然每一次把希望放在下一個週末假期，但是每一次又若有所失地在假期結束後回到家沉睡。

美麗的假期不是應該有著美麗的心情嗎？用那樣殷切的感情去追逐戀人的喜怒哀樂，反而讓自己失去了去享受單純假期裡的快樂情懷，如果不把每一次看得那麼重要，那麼星期日的憂鬱症自然也就解除了。試試看吧。她想。

游出醉深淵

一直知道他的酒量驚人，雖然從未見識過，但是只要和他去到相熟的酒吧，聽到人人對他的尊稱，多少就明白了他的實力。

偶爾週末我們會一同小飲，對他來說那應該只能算是白開水般的平常，只是那一次三杯長島冰茶下肚，他開始和同桌的友人中英文交錯進行對談，笑聲和舉止比平常來得誇張與豐富，從來沒見過他在人群中這樣活潑談話，可是當他起身走進廁所打破了店家的瓶瓶罐罐時，遲鈍的我才發現，他醉了。

同桌友人沒有一個人察覺到他的醉意，因爲他就像平日一樣，只是不斷說些重複的話語，友人互相說了再見離席，剩下我和他。

他的住處就在過了兩個路口的巷弄裡，於是我大膽地準備用走的送他回家。

有了幾分醉意的他還能夠向櫃台結帳付錢，頻頻向店家道歉所打破的瓶瓶罐罐，走出店口我緊靠著他顛簸行走，他興奮地又說要帶我到附近的一家小酒館，怎麼都阻擋不了他的執意，兩個人來到小酒館的門口，但說什麼都不能再喝了，於是我們就站在酒館玻璃窗看著裡面燈光昏黃下吧台的男男女女，不知道爲什麼突然很想哭，我極力哄著他回家吧，他雖然順應著我的話語，可是手腳和思緒似乎愈來愈不聽使喚。

他對著停在路旁的摩托車叫囂、他向著無人的街道吐口水、他對著深夜打烊的餐廳警衛打招呼，那方式好像他們是認識多年的老朋友、他對著高樓大聲批評從來就討厭那樓層的設計、他微微踉蹌，然後我不可思議地聽見他的聲音竟然變成了哭聲，兩、三秒鐘，但他很快停下了腳步彎下腰，極度克制自己。他喃喃自語：要忍住、要忍住。

站在一旁清醒的我觸碰不到他所沉醉的世界，但是看見極度壓抑淚水的他，我突然明白原來他的酒量和他記憶裡的痛處是成正比例慢慢儲藏累積起來的，過去所愛的每個人都離他愈來愈遠，每一次相愛與每一次的分離在他的內心都經歷一場天崩地裂的折磨。時間也許過去了，可是自己生命的苦楚卻與日俱增而無法言說。

馬路上偶爾疾駛深夜載客的計程車，有一、兩台總是慢慢駛過我們身邊以爲我們需要車，我小心翼翼牽制住他，怕驚擾他的幻滅又怕碰碎他的記憶。

那一夜，彷彿所有的街道都醉倒在長島冰茶當中，因爲他的緣故，黑夜裡的寂靜市區，成了只剩下我們兩個人所存在的一座無人泅泳的水中城市，我試圖以蹩腳的泳技領他游出痛苦與宿醉的撕裂，但恐怕是我游的水道不對，或者換氣的姿勢錯誤，我雖然極力將他拉回了住所，但日後卻無法陪他游出經年累月所堆疊起來的深層感傷。

現在我週末不同他小飲了，但如果有一天他不小心擱淺在人生的灘頭上，希望到時候我的泳技能夠進步一點，好助他一臂之力，游出醉醉醉深淵。

「心」居落成

終究，她還是獨自一個人搬了進去。

之前氣象報告說將有一個輕度颱風，雖然並不會直接登陸但受到鋒面氣流影響，天氣狀況並不穩定，約好時間的那一天搬家公司還是再打了電話確認是否一定要搬？

她看著房子裡一箱一箱總共三、四十箱打包的家當，早在一個月前就已經開始收拾整理，小學時媽媽爲她縫製的一件大花洋裝、國中滿腔文藝訂閱的《藍星詩刊》、高中社團學弟寫來的情書、大學死黨的合照、聯考成績單、畫了無數重點記號的補習班講義。一節小首飾、一段小紙片，她花了許久的功夫才讓這些不小心跳出來的記憶，慢慢摺疊裝載綑綁起來。

這個春天她積極找房子，奇異地想像自己能和戀人共創未來，但一這麼決定的她卻愈處於孤立無援的狀態，也許是她太一廂情願了，夏天一剛開始戀人便和她說了再見。那時房子已經開始整修，她每每前往那個郊區的新樓，打開大門站在空無一人的新家裡，輕手輕腳走進房間、廚房、浴室、陽台，心裡深深覺得不可思議，她開窗看著遠方的山，天空的雲彩，聽著大路上疾駛而過的車聲，突然有一點點興奮，一點點寂寞，家人給她溫暖的護慰，而戀人給她祝福的柔光，他們爲她打造這一處堅固的所在，可是她的心卻仍執著在有限情感的失落裡。

她回答搬家公司是一定要搬的。一大清早六點鐘對方準時出現，幸好在風雨的空檔中順利將她三、四十箱的行李一一抬上車並搬進了新家，這是第一階段。接下來第二階段就沒那麼幸運，因爲等她晚上下班回家還有幾箱隨身用品要自己搬離時，風雨卻突然狂呼猛下，傾盆大雨彷如巨大瀑布流洩，紙箱因爲大雨淋了盡濕，她穿著無袖上衣短褲，幾次來回也已經全身濕透，她站在電梯口不斷發抖，咬緊牙繼續在大雨中狂奔將最後的幾箱物件硬拖進房子裡。

她狼狽萬分關上新屋大門，也把風雨關在外面，她獨自站在沒有開燈的新家裡，走到窗戶邊聽著外面漸漸停歇的風雨，怎麼剛剛那一瞬間的狂風驟雨竟然一下子就停止了，她開了一盞微亮的小燈，裹著大毛巾坐在地板上，從來沒想到最後竟然是自己一個人搬了進來，被雨水沾濕的髮梢滴滴答答掉下水，拿毛巾一抹才發現自己臉上也爬滿了淚水。

她走到浴室爬進新家的浴盆，裝滿熱呼呼的一缸水，讓自己完全埋在水裡面，讓淚水也無聲無息埋進去，她對自己說哭吧，哭過了這一次，就要完全把過去的人生擺在過去；哭過了這一次，就要試著脫離情感的依賴和束縛然後將目光定睛向前；哭過了這一次，也許說不定還會有下一次，下一次，但無論如何都要把每一次的淚水儲存起來好澆灌心窩，因爲只有自己的心，才能感受到那豐美的滋潤。等到了秋天過了冬天，她要再度邀請親朋好友，祝賀眞正的——「心」居落成。

3 卷三

孤單紀念日

如果把每一次的孤單當成一個紀念日記錄下來，說不定孤單也變可愛了呢。

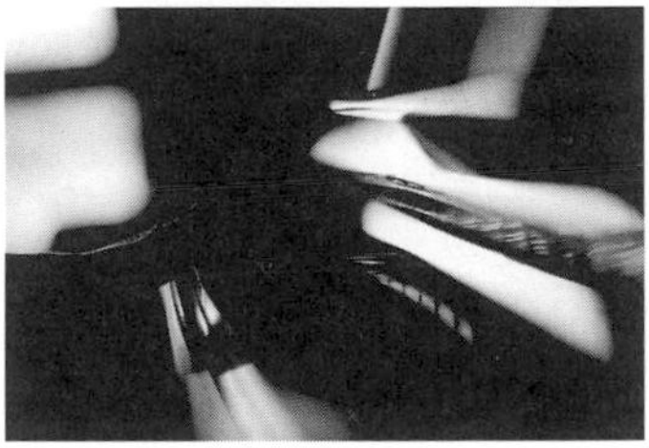

兩朵玫瑰花

一個週末的早晨，我走回那一段路。

那是春天我們牽手漫步，在巷口老房子有綻放的桃花枝枒、薔薇；是夏天偶然發現轉角的日式店家竟有鮮美沙西米，我們喜出望外吃食之後大呼過癮假期必定報到；是秋陽出現的那個午後，我們在槭樹燦爛嫣紅的露天咖啡座，曬起太陽；是冬天有雨，穿著大衣圍了圍巾撐著傘，跳過積水紅磚路，緊緊靠著還能夠感覺彼此的心跳。

啊，是的，那一段路。

那麼想要永遠保溫的感情，有一天兩個人內心膠著的暗處，不知道什麼時候被放進了零下的冷藏庫，一旦發現時已經結起霜，結起凍了。後來那麼熟悉的幾個巷口幾個轉角，是像怕觸動了什麼？心裡總想，如果有其他選擇的路，眞的寧願，寧願繞遠一點也不在乎。

但我又走了回去，在一個週末冬天的早晨，走回去參加一個陌生姐妹的告別式。

你一定覺得奇怪，陌生人的葬禮與自己何干？老實說，的確沒有任何必須參加的理由，進去之前我也問著自己：來做什麼呢？但我一個人安安靜靜找了角落坐了下來。

詩班吟唱著〈詩篇〉二十三首。我雖然行過死蔭幽谷也不怕遭害，因爲你與我同在。

在醫院探望時，受癌症疼痛煎熬的逝者一聽到牧師唸起這首詩，眼角汩汩流下淚水。接著丈夫上台思念平日和妻子的家常對話，說著說著就在台上哭起來，安靜的禮拜堂此起彼落的啜泣聲，我抬頭看見彩繪玻璃透著光，我看見牆上十字架瘦削耶穌的身影，我如此如此的置身事外，但那失去親愛妻子的丈夫，他巨大的孤單感，還有他在台上毫無掩飾的哭聲，一時之間我的喉頭哽住一股激烈的酸楚，突然想要張口一同涕泣。

爲什麼要走回這一段路呢？膠著的感情沒有人教我們如何面對，一度我很膽小地逃開了，害怕拉扯的記憶痛楚，讓我做了縮頭烏龜。那麼現在呢，我不怕了嗎？

告別式結束，走出禮拜堂，手中摘下喪禮的兩朵玫瑰花，灰色的天空輕輕地飄著雨，我聽見自己的腳步聲踩在紅磚道上，我聽見大衣衣角摩擦的聲音，死去的身軀會經過火化會成爲灰燼會從這個世界徹底消失。

站在曾經等你的紅綠燈口，眼淚此刻才無聲無息從臉頰流下，告訴你，原來我想要快樂感謝，原來我走回來不是要不捨舊情，不是要看見自己失去的遺憾，不是要抓住遠走的一分一秒；我走回來，是要去紀念人和人情感的美好，是要更眞實面對自己的軟弱和暗處，是要尋求能量，在未來更能夠勇敢去愛、更認眞付出。

你一定也在這繽紛世界的某個角落裡，笑著哭著開心著傷心著，那就讓我們都好好的，好好的，不管走向哪一條路，都能保有熱情一步一步走下去，好嗎？

燈火

你寫信來，說在掛滿燦爛燈火的街頭夜裡，不經意見到落寞神情的我，走在身旁的你很想張口安慰，但又深深感到將要說出的話語其實多麼多餘。

那一晚，正是元宵燈節。台北街上處處連結了一盞又一盞的小燈飾，把原本熱鬧的西區增添了輝煌的節日氣氛，我們一行三人剛剛結束了電影的觀賞，走在繁華擁擠的人潮中，不顧對方是否聽得到，三人就一搭一和地細數剛剛才看過電影場景的對話，不知誰說渴了於是三人跑去百年老店喝楊桃大王，又說餓了美觀園還在招呼客人便又坐了進去，飽食之後，又說胃撐著了要走一走看看街上的燈，於是肩並肩邁步慢慢走。

原本是稀鬆平常的相聚，不會對即將離台的你有什麼太大的不捨，我們是可以這樣一路慢慢散步，然後再搭乘一趟地鐵各自回到安居的所在，擺擺手，就可以再見的。只是在一路燈火之下同行的夥伴不經意說起關於我的一樁陳年舊事，她不自覺不設防地說著，走在人群中惶惶然聽見她的笑聲我突然不知所措，僵著臉笑也不是不笑也不是，啊，全身像刺蝟豎立著尖銳脆弱的芒刺，誰一碰可就哇哇大叫。

接著我沉默沉默想要快快往前走去，留你們在後頭莫名其妙我的異常。

其實，在此之前，我多麼害怕走進這燈火燦爛的熱鬧西區，多麼猶豫漫步在轉角的地鐵出口，甚至忐忑在電影散場的那一刻，而我更感傷於這樣的燈節裡，同樣花火燦燦，但心思飄渺，因爲我還是很軟弱地，無法控制地，想起了一些關於多想也沒有意義，卻不停想起的往事。

這是屬於一個人的孤單心情，在可笑舊事又被無意掀開的同時，其實碰到的痛卻是另外一處還在等待痊癒的傷口。但這麼細小的情緒，多麼不適宜在那個夜晚那燈火燦爛的街上發作，但我即刻的落寞卻讓你看見了。

我要說，謝謝你寫信來。

這一年又去了燈節熱鬧的繁華場景了，因爲幫忙朋友拍攝的二十分鐘的影片裡，需要有這樣的背景，跟我們相聚的那一年一樣，我獨自又處在人潮洶湧的節慶廣場，化了妝穿著戲服，在暗處，眼望煙花四起，行道樹上裝飾一串又一串的小燈像滿天星星，舞台上一個又一個旋轉的花燈目不暇給，幻化的燈束色彩繽紛，一下子環繞著舞台，一下子又打上高高的夜空，我抬頭看見好幾道光束在夜空之中盡情交叉跳躍，感覺自己好像也要隨著光束飛上了天。這時我才意識到，孤單的痛感，原來已經變得如此輕盈了。

即便當時的你只是沉默著，靜靜地或左或右在我身旁走著，但我感到你的沉默帶著些些的理解和包涵，對我，或者對大多數人來說，好像這樣就夠了。

是否一個人都要先獨自體嘗一點孤單的況味，才比較理解長大是怎麼一回事？你在我心懷晦暗，燈火將熄之際，並沒有對我澆灌太多的同情與熱烈，但你信裡的溫暖，是點燃我重新生活的一個引子，一直到現在，它還繼續點著，所以，謝謝你。

三顆安眠藥

無法睡。

睜著眼睛，腦海中的悲傷神經拖著我來到濃霧茫茫的山路，乘坐在車內的兩人，初識的狂喜讓彼此熱烈在深夜的出遊，蜿蜒山路裡看不見下一刻究竟會出現的左右彎度，我急切地比手畫腳說著你所還未認識的我的世界，你手握方向盤，默默地安靜地聽著，這一路若一直開下去，會開到哪裡呢？很笨的問題但我問了，心裡渴望坐在你的身旁，不管夜再深，霧再濃，雨再大，可以嗎？這樣一直開下去。

悲傷神經此刻撞進大雨滂沱路燈昏暗寂寥的郊區市街，雨實在下得太大了，安全起見我們先等雨小了些再上路，前方正停著販賣薑母茶龍眼茶的小貨車，你下車衝進雨中帶了兩杯進來，迅速關上車門的剎那，大雨被寂寞地鎖在車外，我們各自捧著煙氣騰騰的熱飲，彼此那顆心的溫度，因爲有了相靠更熱了，還好大雨淋漓，聽不見我怦怦亂了秩序的心跳聲。

還是無法睡，盯著白色天花板。流了淚。

腦海旋轉總是又繞回接到手機簡訊的那一刻，你說有了新感情，一想到小小電子面板螢幕上那麼確切的事實一定渾身刺痛，卻好像故意要考驗承受的耐力，一遍一遍彷彿要從刺痛中找到什麼才甘心。

一天兩天三天。不定期悲傷神經異常敏感，尤其夜愈來愈深，天氣愈來愈冷，雨聲愈下愈大，愈無法睡。不能再這樣下去，輕輕跟自己說，朋友當中、朋友的朋友當中、許多人當中，都會吃安眠藥入睡吧。這很平常，吃藥的人這麼說。

於是向姐的八十歲婆婆要來了三顆安眠藥，細心的姐還把兩顆切半，特別吩咐一次半顆藥量不要太多。看著碎片安眠藥裝在透明的藥袋裡，心想這眞的很平常嗎？睡眠靠藥物來完成？在一旁的妹說，吃過一次，但不覺得是睡著了，只覺得時間到了眼睛閉起，時間到了眼睛張開。

我愣了一下，悲傷神經此刻好像喀啦喀啦被什麼剪斷了。

如果睡眠不再像睡眠，只是像一個遙控器一樣，打開醒、關上睡、打開醒、關上睡，如果在睡眠裡沒有夢境、沒有睡著了的飽足感，那麼身體會多麼寂寞呢？我突然非常懷念睡眠的甜美，感受到睡眠就如同死亡一樣，人的生命因爲有了死亡，才明白活著是何等珍貴，而能夠睡，能夠醒，身體才不會被悲傷所淹沒吧。

帶回家的三顆碎片安眠藥一直放在抽屜裡，但我竟可以睡了，也許是妹的那兩句話幫助了我，也許我不想讓睡眠被一顆白色小丸子征服，也許我在失眠的幾個夜晚裡，從刺痛中找到了什麼，但我非常珍惜能夠有睡眠，能夠有死亡，這樣我們才可以在每一天有重新開始的機會，在活著的時候，去愛，去愛，去認眞的愛。

小紙片上的光

我翻遍了抽屜和多年來習慣寫下的一本一本記事本，就是沒有看到那張小紙片，記得是在幾年前一家二樓的咖啡店裡，幾個要好的同事也不知道是誰先開始的，輪流爲每個人過生日，選一家餐廳吃吃飯聊聊生日新願望什麼的，那一次應該是生日前後，雖然同事天天工作見面，但每個人的情感單純可愛，大夥依舊慣例有了難忘的聚會。

那一回有人提議玩一個遊戲，就是針對大家的認識，每個人要條列出十個優點來，這個提案獲得在場眾人拍手叫好，於是先從A開始，大眼睛、皮膚好、個性溫柔。不行不行，要說得更具體一點，又有人建議。

平常相熟的人，總是容易忽略在一起相處的特質，一旦要認眞開始說明白，反而深思熟慮了起來，況且還要附帶說明爲什麼舉出優點的理由，並且經過大家認證同意才算過關，於是從下午開始，在咖啡店的小隔間裡，每個人發言踴躍，從外表長相到才華能力，從性格表現到身高體重，十個優點好像新鮮麵包一般，熱呼呼地在笑聲不斷，打趣嬉鬧中漂亮出爐，大夥從來沒有那樣熱絡靠近過，一直討論到夜晚，大家才盡興而歸，每個人都帶著那寫上十個優點的小紙片回家。

我在那個時候細心將紙片塞進隨身的記事本裡，不過有點恍然大悟理解到原來在別人的眼中我所擁有的特質，其實是自己一直沒有注意到的，原來在別人的心中我具備了那麼多優點，我自己都不知道，不可思議的小紙片在那個夜晚好像讓我認清楚自己是一個什麼樣的人。

幾年過去了，大家漸漸離開了原來的公司各自發展，聚會也不同往日，但偶爾我會拿起那張小紙片，好像爲自己打氣一樣，據說那個遊戲的起源是同事採訪一個失意的女歌手，女歌手愁困抑鬱，於是在許多小紙片寫上自己的優點，每天抽出一張藉以鼓舞失落的心。

有一天實在爲自己的感情到了慌亂失措的程度，撞進腦子裡的竟然是那個快樂聚會的笑聲，突然間想起在座每一個人的名字，想起她們閃亮的臉龐，想起她們動人友情春風般眼神，想起她們細細思量吐出的話語，那個美麗的下午竟然開始發著光，讓我擦乾眼淚尋找失落的小紙片。

但翻遍了抽屜和多年來習慣寫下的一本一本記事本，就是找不到了！

聚會無法重來，不過我開始拿起筆，撕了許多小紙片，寫著：溫柔、善良、小虎牙很可愛、誠實、雙眼皮、小腿的線條很美、情意優美、深情……寫著，寫著，寫著不管具體或不具體，不管內在還是外在，認真寫著，預備著下一次心情低潮時，可以拿出來鼓勵自己，不過我更希望用不著打開這些小紙片，自己就可以發著光。

繼續留在原地

接到一通陌生的來電指名找我的，一拿起話筒的同時，對方先說明想要投稿的簡單企圖之後，便滔滔不絕說著這兩年所經驗的感情波濤。起初並沒有太在意，因爲在工作中經常要處理一些投稿者的電話，有一回打電話來的人竟然在話筒那頭嗐嗐哭泣起來，害我一時之間不知道該說什麼。

這一次對方很快進入自己的主題，故事開始是因爲在一次旅行中愛上一個以色列情人而毅然決定和先生離婚、辭掉台灣的工作，然後一心一意奔向情人身邊，在拋棄規律的價值觀建構出來的人生之後，從旅行的艱困與挫折中慢慢揭出內心的黑洞，也徹底挖掘對感情的恐懼與不安。

我隨著對方的語氣與說話的聲調，發現自己掉進戀人坦承愛上別人之後的那些日子，當時極其脆弱躲進書桌底下大哭，心想出走吧到哪裡都好，就是不要同在城市裡曾經相愛的人卻永遠不再聯絡了，要隻身離開傷心地。周遭聽來的故事很多人不都這樣嗎？到一個陌生的國度慢慢治療自己的傷痛，讓人生重新開始！

可是最後我繼續留在原地。起初自己像個受重創的殘障者，哪裡都去不了，東區也好，西區也罷，四處充滿兩人肩並肩手牽手的記憶，曾經去過的餐廳、林蔭公園、搭乘公車行經的路線、電影院、花市、超級市場、捷運月台，就連對獎統一發票號碼都會莫名感傷。一切都觸動著不捨思維，終於體會到情感的無障礙空間竟是那麼重要。雖然不清楚未來的人生會發生什麼事，留在傷心地繼續生活哪裡都沒去。

有一天游完泳準備搭捷運，發現行經的紅磚道上，在第三棵行道樹下曾經傷心地在那裡見到戀人最後一次，但如今走過卻一點感覺都沒有；有一天發現曾經一起坐在靠窗眺望街景的咖啡店已經結束營業了；有一天注意到一起搭乘的公車路線已經停駛了；有一天馬路拓寬了公園蓋起來了，所有和戀人可以記憶的環境一點一點消失了，然後忘記了戀人的電話號碼，記不起他的手機，也想不起他的e-mail。當時選擇留在原地，一天一天讓自己去習慣一個人的狀態，一開始那麼殘忍，可是現在卻也能夠適應了。

電話那一頭傳來的聲音：「未來的感情形式不會只侷限在一定要見到對方的狀態。」「我不用去依賴任何人也能夠很愛自己。」「拋下一切不顧後果去追求愛情其實到最後我覺得自己好像是在追求自我。」第一次談話就說了那麼多，是否情緒還未整理好呢？但我一句一句聽著，彷彿覺得每一句話語都像是在對自己的心說話一樣，我沒有像打電話來的投稿者一樣，轟轟烈烈經歷了飄洋過海的人生，我保守地站立在自己的園地裡耕種栽植，沒有滔滔不絕挖掘什麼人生黑洞情感哲理，但確實也找到了自己，哪裡都沒去，又重新在死去的這塊心田長出新葉嫩芽了。

夜地球

你問我，好看嗎？還不錯吧？

我點點頭說，啊是的，很有趣。

但我沒說，回家之後，一個人躲進棉被裡哭起來。

應該沒有哭的理由，不過是一部電影。

一開始是在洛杉磯，年輕的薇諾娜瑞德，演一個滿足現狀的計程車司機，將來的夢想是像哥哥們一樣能夠當一名技工，面對雍容華貴的老鴇，假電影明星之名的誘惑，也不爲所動；然後是在紐約，急於回家的黑人坐上了左右南北搞不清楚東德老人的計程車，沿途的紐約夜街充滿夢想；接著是巴黎，象牙海岸的酷酷黑人司機和美麗盲女，看得見的看不見，看不見的看得一清二楚；鏡頭來到熱情大膽的羅馬深夜街頭，午夜三點神父坐上計程車，面對一連串冗長而神經質的告解；最後是寒冷的赫爾辛基，雪地上三個東倒西歪的醉客，憤怒、抱怨、充滿生活哀傷，然後天漸漸亮起來。

散場後，爲了等待下一場電影的開演，我點了一杯熱咖啡坐在有落地玻璃窗的速食店，夜裡九點，攪動奶精和咖啡，望著街上人來人往，我想著如果夜的鏡頭在台北，季節是夏天吧——那時我傻氣地愛著一個人，凌晨兩點鐘窩在關了店的門口台階上，隔著小巷和玻璃窗，看著坐在對街小酒吧高腳椅上的他，彷彿默片一般，看著他在玻璃窗內開心地不知說著什麼，右手不時拿起啤酒輕輕啜喝著，默默坐在台階上的我，偶爾嗅到春末夏初的絲絲涼意，不自覺拉緊牛仔外套的衣領。我想，他一定是忘記了。

就像小時候會忘記帶手帕衛生紙到學校，就像明明背好了九九乘法突然被老師點名背誦還是忘記了，就像答應帶小說借給隔壁班女生偏偏第二天看見她才記起來，就像炒菜忘了放鹽，考試忘了寫名字。他一定是忘記我在等他。

我抬起頭看天空發現竟然是深藍色的，原來夜晚的天空並不是黑色的。我聽見安靜的馬路上沉睡的家家戶戶聽不見電視聲只有貓咪細細叫，我看見路燈一盞一盞下飛蛾輕輕飛，我聽見二十四小時便利商店叮叮開門聲夜很安靜沒有人說歡迎光臨了，夜之所在一定有迷人之處是我所無法感知的，要怎麼讓他記起來我在等他呢？《聖經》〈雅歌〉說不要驚動不要叫醒我所親愛的，一切等他自發，所以是否別去敲門別去呼喚別去撥著那關機的十個數字，夜很深很深的時候，是否沒有人願意去記憶什麼。我想。

頹然從台階上站起來，腳有一點麻，走向路口招了黃色計程車，這裡不是賈木許的電影場景，但我同樣搭上深夜裡的城市計程車，在一個破破碎碎，跌跌撞撞的夜晚。

然後許多日子過去了，我以爲我會忘記那樣的夜晚。但你問我，好看嗎？還不錯吧？我點點頭說，啊是的，很有趣。但我沒說，回家之後，一個人躲進棉被裡哭起來，哭什麼呢？也許是片尾沙啞的歌聲，也許是莫名其妙的哀傷觸動了我，也許是末班捷運裡的陌生女孩低頭講手機的聲音，讓我想到了現刻的深夜，他，是否一切靜好？

關機

終於只剩下語音信箱了。

我知道你不是故意的，但目前只有這個方式可以讓我們不再傷害彼此。

掛上電話的那一刻是深夜兩點鐘我打開燈開始整理書桌，堆積數日的雜亂資料包括電話費帳單、瓦斯費、百貨公司特價週年慶全面五折宣傳單、在某個路口分發的學習英文ＤＭ斗大標題保證三十天說一口流利英文、報紙剪報、雜誌、朋友結婚喜帖。相關的不相關的我一件一件從頭到尾讀了一遍，然後一一分類，有的撕毀有的存檔，除了寂靜夜裡的幾聲狗吠之外，耳邊不斷環繞一遍又一遍語音信箱的單一錄音：你的電話將轉接到語音信箱，嘟聲後開始計費，如不留言請掛斷，快速留言請按米字鍵……

是不是所有行動電話的語音信箱都差不多呢？有沒有可以聽起來比較不讓人心碎的語音信箱？在工作上也曾經遇到同樣關機留言的狀況，但從來沒有像此刻在深夜裡聽到戀人關機的語音信箱，那麼清晰彷彿可以聽到他按下關機時手指碰觸按鍵的聲音。

桌面整理得差不多，開始打開每一個抽屜，相片畢業紀念冊書信小紙條錄音帶，打開每一張卡片每一封信，我突然發現一個人眞正傷心的時候，並不會流淚大哭，反而能夠更專心於瑣碎的事情。

接著打開電腦，沒有電話可以聯繫的夜晚，寫封信或許能夠表達清楚自己的想法，不過是從剛開始相識的時候說起呢？還是單刀直入此刻無助徬徨的心情？注視良久螢幕上跳動的游標，索性關了電腦翻倒出衣櫃的圍巾襪子冬衣夏衣，聽見遠處馬路上一輛疾馳而過的車聲，打開窗戶望著無月的星空，凌晨四點撥過去的行動電話依然繼續說：你的電話將轉接到語音信箱，嘟聲後開始計費，如不留言請掛斷……

終於只剩下語音信箱了。是不是因爲太疲倦了呢，眼淚竟潸潸落下，

然後電話突然響了，聽筒那一邊傳來陌生女孩的聲音說找某某某，女孩用一種艱難孤單的聲音，說得緩慢但深夜聽來格外急切（對不起妳打錯了），女孩在話筒的一邊有了三、四秒短暫的沉默，也許她不認爲自己打錯電話吧，女孩遲疑地說對不起掛了電話。

我慢慢在床上躺下，心想這個夜晚有多少人像我一樣因爲嫉妒、不安全感而和戀人大吵了一架呢？被關掉的行動電話，只要每打一次就再聽到一次語音信箱，其實這和女孩打錯電話的結果是一樣的，陌生的來電女孩清晰、無助、遲疑的尋找結果，突然讓我無意之間透過另一個方式聽到自己內心的聲音，我閉上眼睛極度疲倦很想好好睡一覺，關機是要讓彼此暫時不去陷入灑狗血的愛情台詞，但還是希望在關機之前，無論如何彼此都能夠溫暖說再見，因爲這樣關了機，怕是愛情也就從此關機了。

十一樓之二

你還在哭，還在角落裡蜷曲顫抖嗎？

我跟你一樣，好長一段時間沒有辦法，從被拒絕的痛楚中找到自己。

決定搬家的日期，寫了一封電子郵件給他，回信的他熱情說願意幫忙，並可以將留在閣樓的東西也一起帶給我，爲了能夠徹底從他和我的生活中抽離，我又寫了一封回信，腦波搜尋著曾經留在閣樓裡的回憶和物件：窗前擺著一起去買的聖誕樹、看完怪獸而換來的怪獸鬧鐘、公司贈品腳踏車、六折拍賣買的檀木雕花鏡子、大江健三郎寫的《靜靜的生活》、電影「郵差」原聲帶、洗衣貴賓禮的咖啡壺、從未使用的烤箱、特力屋組裝置物架。有的不是我的東西，但他大方相送說祝我新居落成。

敲著敲著，我盯著電腦螢幕發呆，發現眼淚爬滿了臉頰，記憶一條一條如此清晰跳入鍵盤，那些在一起的日子是一個天氣晴朗的黃昏週末呢，我們笑著有光在窗簾後面閃動著，是一個大雨紛飛的夜晚，雨勢急切夾著我們哭泣和爭吵的聲音，是一個星期日的安靜午後，我們彼此沉默心裡終於明白，讓愛飛吧，它應該有它的方向和去處。

然後我按了傳送，然後，關機。

一個悶熱沒有風的夏日午後他送了東西來，新大樓搬進的戶數寥寥可數，電梯間都還隔著裝修的木板，一切是新的陌生的所在，他汗流浹背在廊間幫我組裝置物架，汗透濕了他的髮他的背，他幫我搬上來腳踏車，幫我放上烤箱，幫我包紮好聖誕樹，然後讚揚著新的沙發，新的餐桌，新的書架，新的房子，他心裡一百萬分之一百萬明白著，眼前所見所有是一個女子的情願，但他選擇了拒絕，他小心翼翼讓分離變得有條有理，答應幫忙是個性成熟的一種結局。

他保持距離一言一語擦著汗說著話，我進房在衣櫃裡拿出了一件以大

11
13
14
7
8
9
10

鉤針織出的橘色男性毛衣，有一回低溫來襲他借我穿上，後來春天來了，夏天來了，一直沒有機會還給他，我整整齊齊放進紙袋交給他，他說我可以留著，我靜靜地說，不了。

接著很長一段時間，也記不得了，除了哭還是哭。其實只是他不愛我我愛他這樣一點小事，或者對很多人來說這根本也不是什麼一回事。接著很長一段時間，我幾乎只能在禱告中才能將毛線球般纏繞的痛楚，一針一針慢慢拆解開來。接著一個人在十一樓之二的新房子打掃，燒飯，澆花，曬棉被，煮咖啡，每天上班下班，睏了睡，餓了吃，游泳運動流汗，有一天發現我邊掃地會邊唱歌，邊洗碗會邊跳舞，恍然明白原來有一種祝福，是在單方面被拒絕之後，還有勇氣把日子平平凡凡過下去的時候才會來到。

你還在哭嗎？我已經慢慢不哭了，偶爾從十一樓之二的高度望出去，遠處有萬家燈火，星空有溫柔的月，我想要告訴你，其實也許不用急著擦乾眼淚，眞的。哭有時，笑有時，哀慟有時，跳舞有時，尋找有時，失落有時，捨棄有時，撕裂有時，縫補有時……我看見《聖經》〈傳道書〉第三章這樣說。

三日

說好不要在淚水中說再見的。

掛了電話，走進房間躺在床上，是午後三點鐘，試圖讓自己可以睡一睡，陽光很好照進窗台，盎然的九重葛在花台上搖曳生姿，這麼靜，而我渴望睡一睡。耳邊響起滴滴答答的鐘聲，從床上跳起來，把掛在浴室的泳衣和蛙鏡塞進包包裡，鎖上門，下樓。

因爲不明原因的流行病，還是並非什麼熱門時段，游泳池空無一人，我默默在更衣室換上泳衣，然後跳進泳池，淚水卻汩汩在池水裡蕩漾，吸氣換氣，吸氣換氣，腦子裡盡是手機簡訊上的字句，他說有了她，一時之間還不太明白發生了什麼事，就好像當你突然不小心被刀割傷時，會有那麼暫停的一秒鐘，然後等看到流了血，才恍然知道自己割傷了，那一秒的暫停極爲迅速，以致於讓你忘了那一秒鐘。當時我站在捷運的月台上，將簡訊看了兩、三遍，才漸漸從那短暫的暫停中甦醒過來，啊，原來是這麼回事。

默默把簡訊刪除後，一步一步走向手扶梯，然後一步一步走向出口刷卡離站，再一步一步走向另一段手扶梯，從沒有像那一刻特別想要往上爬，爬上地面曬曬太陽，爬上地面深深吸一口春天的空氣，爬上地面希望眼淚不要掉下來的什麼都好。

吸氣換氣，吸氣換氣，不知道是游了第幾趟，嘴唇竟然開始覺得乾澀，明明泡在泳池裡怎麼覺得乾渴如在沙漠中，空盪盪的游泳池，只有救生員一人坐在櫃台後面，平常會有輕柔的鋼琴樂，此刻只剩下我的換氣聲，憋著氣悶在水中，竟然可以這麼靜，連心跳聲都消失了。

決定回家和父母親一起吃飯，想要聽見父親大聲說話，想要聽見母親在廚房熱騰炒鍋的聲音，想要聽見父親和母親對談市場魚肉的價錢斤兩，福利社衛生紙巧克力冰棒大特價這期樂透中兩百的家常瑣事。端菜盛飯七點了七點了，看新聞。

明天開始飛機公車捷運搭乘大眾交通工具乘客開始必須戴口罩，各藥局N95口罩現在有錢也買不到，截至目前爲止通告病例二十三名可疑病例十名死亡病例三名居家隔離者達到三千六百二十名，爲了因應SARS許多團體活動表演暫停的有……

胡亂扒了幾口飯和菜湯，幾乎是以奪門而出的姿勢，說走了，回到住所的大樓裡，電梯口貼著公告，樓層按鍵已經每天消毒敬告各位住戶在電梯裡戴口罩避免交談，電梯門一開一股濃烈的漂白水藥味刺鼻而來，我錯以爲自己走進了醫院。鑰匙匡噹匡噹開門進到房子裡，一切和出門前沒有任何改變，沒有開燈坐在沙發上，不知道是因爲剛剛新聞記者尖銳的聲音還在耳邊迴盪，還是因爲沒有光亮的黑暗房子，眼淚竟然沒有任何聲音地慢慢流了下來。是第一日。

你必仰起臉來，毫無斑點；你也必堅固，無所懼怕。
你必忘記你的苦楚，就是想起，也如流過去的水一樣……

——約伯記

站在河左岸，風很大，這裡是新興開拓的旅遊景點，熱鬧的慶典持續，在每個週休表演著，只要是假期河左岸都被包裝上場，舞台上原住民的歌手大聲唱著情歌，鑼鼓喧騰，堤岸上人來人往。這裡感受不出任何流行病的恐懼與不安。

一向晚上準時學習的兩個課程，一個在復興南路，一個在仁愛路，也都陸續停了課，病菌埋伏在哪裡，沒有一個人知道，但勤洗手量體溫成爲生活的口號，從來沒有像此刻這麼清楚知道自己每一天的體溫，彷如從來沒有像此刻一樣，站在河左岸如此思念曾經愛過的那人種種，一起同行的家人也許是巧合總是與我保持著一定的距離，好像深怕碰觸什麼，我在前，他們在後，我在後，他們在前。

爆發了和平醫院封院的訊息時，還是忍不住寫了一封簡訊給他，一切平安啊。縱使漸行漸遠漸無書是必然的，是否在殘酷疫情的害怕中，我們仍保有對生命的盼望，年輕的醫生和護士長陸續被宣告插管無效，媒體的聲音高八度分外刺耳，不忍看見在螢光幕前決堤崩潰昏厥的畫面，怕所映照的是比疫情更殘酷的人心。

從河左岸回到家中，和母親坐在房子裡，安靜的午後時刻，敏感的母親早已看見我糾纏於情感而日漸消瘦的神思意念，不知道怎麼開始談起的，我靜靜地說，她默默地聽，陽台外面有附近小孩拍籃球的吆喝聲音，有慵懶的陽光照在窗台茂盛武竹的縫隙中，什麼時候和母親可以這樣親密的談出心裡的話，我自己都很驚訝，而此刻，耳際猶存著淡水河岸的風聲，我跳回了二十歲，不，十歲，不，五歲，或許是更早以前的我，我靠在母親的肩膀上抽抽答答哭了起來，彷彿哭了很久，突然聽見母親的嘆息，嘆息中夾著順良的意志，人生有它該走的路。我抬起頭來，陽光落在捲簾後面，耀眼燦爛。是第二日。

神要擦去他們一切的眼淚。
不再有死亡，也不再有悲哀、哭號、疼痛，
因爲以前的事都過去了。

——啓示錄

進捷運站的時候，不知道爲什麼有一股想哭的衝動。

每一個人都戴上了口罩，走到最前面的一節車廂，習慣的位置卻有不能適應的畫面，無法去正視每一張隱藏在口罩下面的臉，這會是一個海底世界嗎？這是一座沉沒的島嶼嗎？人人戴上的是呼救求生存的氧氣罩嗎？

香港朋友來信，傳染病固然可怕，但在非洲每年有好幾十萬人死於嗜睡症，只是我們不知道而已。驚恐來自於無知，但我們如何去釋懷那初始的發生？

如往常坐在平日聽牧師講道的位子上，這是在天母地區以日語爲聚會的場所，因爲SARS停止聖餐，因爲SARS特別請來專家講解戴口罩的方法和報告台灣疫情，在座的每個人戰戰兢兢地聽著，而我卻淚眼婆娑無法言喻的悲傷排山倒海而來。

想起那日邀請他一起共進晚餐，冬日熱呼呼的海鮮火鍋料理，準備了蟹腳熬湯汁，活跳鮮蝦道地凍豆腐切片透抽淡水魚丸出水茼蒿，蒜味辣味蔥末芝麻醬，高腳杯斟上白酒，在火鍋竄起來的煙霧瀰漫中看著坐在對面的他，慌慌地喝了一口酒，談話不著邊際，專注熱鍋裡的湯湯水水，氣氛不是很尷尬，但也熱絡不起來，結束這一餐飯，送他到電梯樓下，站在紅磚道上和他揮手再見，一條筆直的林蔭樹下，他的身影愈來愈模糊。

從來沒想過那是最後一次和他面對面。早上出門到醫院工作的懷孕的年輕護士，新婚不久的優秀醫生，搭乘巴士回南部的太太，進入醫院清洗醫療用品的洗衣工，上補習班準備甄試大學的應考生，麵攤的老闆和顧客，人潮往來百貨公司的會計小姐。每個人如常進行每一天的工作，但是誰也沒有想過哪一天與至親的人說再見會是最後一次。

琴聲悠然在這間普通的公寓房子裡響起，記不得是第幾次在吟誦詩歌

時熱淚盈眶，不知道爲什麼每一次即便酸楚難抑，我總是都還能夠大聲歡唱，難道人生就是這樣嗎？有離離合合，有笑有淚，有生有死。

教會裡的聖歌隊是一群老先生老太太組成的，每一次重要的集會他們都會認眞獻唱，有指揮有樂譜，但是大家還是各唱各的，兩部三部四部合唱都有，只是你一點都不覺得不協調，反而在每個人身上看見了一種堅持下去的活力，拄著枴杖，頭髮花白，年輕的時候他們是否也有傷心的情感？年輕的時候他們是否會有生離死別的哀痛？那麼他們如何繼續展顏開懷的？他們怎麼活過血肉模糊的人生？

我低頭禱告，在疫情幾乎淹沒島嶼的朗朗晴日，在失去至親之人的憂傷心靈中，在一場情感必須走到盡頭時，讓信心咬著重生的節奏，一句一句吟唱在心底。

這是第三日，聚會結束後我決定如往常走一段河堤到捷運站，看河堤上燕身飛舞，看風輕輕吹在河面上，在這個城市，重新找到自己的位置，調整自己的步伐，繼續活下去。

（二〇〇三年台北文學獎）

4 卷四

凝視之味

一個人住之後很多生活的味道就陸續跑了出來，
像泡澡時的薰衣草香精、廚房的咖啡香、烤麵包香和衣服柔軟精的飄香……
但大部分的味道還是在記憶裡的眼淚和味道。
我常常凝視之後，就快樂起來了。

我的窗

畫冊裡有各個不同的窗戶，每個窗戶都有不同的角度所看出去的風景，顏色飽滿、筆觸精緻，我在辦公室同事一一離開之後，一個人坐在桌前一頁一頁翻著，關了電腦的辦公室格外安靜，還剩下一點點空調運轉的聲音。

每個窗口望出去，有的看到一片湛藍的海洋、有的看到星空中柔柔弦月、有的看到繁華城市的高樓、有的是整片淺綠深綠的草原；每個窗口的角度多變多樣，色彩豐富，溫馨而炫麗、廣闊而沉靜。我仔細讀著每個窗口，偶爾聽見辦公室的落地窗外、羅斯福路上嘶鳴的汽車喇叭聲，我突然有點失落，掩上畫冊，關燈、打卡下班，走出大樓、走到十字路口。

我想獨自走一段路。

春天的晚風，吹在雙臂上溫溫熱熱，可是吹到耳邊、眼睛、髮梢間，卻感到一點涼意，我一個人站在人潮來往、霓虹閃爍的十字路口，心裡正一點一滴往下沉，眼神舉目四望，彷彿在找一點什麼。抬頭看見微藍的天空掛著下弦月，隱約而模糊，但卻感到有一扇記憶的窗口在動搖著。一定是頂上那一片將晚的夜空，早亮的一顆星垂在月的身邊的緣故，一定是春夜涼風的寒意如此清清楚楚，讓我嗅到了那一年，因爲一扇窗所發生的愛情的味道。

那個窗口沒有畫冊裡汪洋的寶藍、沒有沁黑天空的皎潔月色、沒有溫暖的澄菊花海，可是那個窗口蘊藏一個眞實的愛情。

繼續走，經過每次重大集會必定是人潮洶湧的大廣場，而此刻天色已暗，空盪盪的廣場上聚集著附近校區的學生樂隊在排練演奏，另一邊有其他人拿著藍色、紅色、黃色，一團團細細的尼龍線編織而成的彩球練習啦啦隊表演，這一邊在教官的口號下吹著進行曲，另一邊的學生則拿著彩球跳著喊著，風一吹過，還可以聞到練啦啦隊形的學生他們的汗味和笑聲，偶爾聽到幾句笑鬧的玩笑話，飄過來。

那一年夏天，高職剛畢業的我，還不清楚未來究竟要做什麼，而他已經重考了兩年，不得不去當兵，就在我還在摸索自己的路，而他在等兵單的空檔，我們同樣在居家附近的攝影工廠打工。

工作作業的場所有時極其單調，有時候我會挑幾張ＣＤ播放，他就跑過來說今天的音樂是妳放的嗎？不一樣哦。或者我告訴他，船若進水快要沉沒的時候，船上的老鼠會先逃命。諸如此類很是無趣的話，偏偏他聽了就會哈哈大笑。下班的時候，他會悄悄給我一張紙條要在公車站牌等我，其實我走路回家比誰都近，但是他的心意是帶我去橋上看夕陽，看河右岸的夜景，去吃紅豆冰，去手牽手逛夜市。

有一個下午，北部地區夏天時常出現的午後雷陣雨，雨勢之大令人難以想像，正好坐在窗口工作的我，一抬頭，窗外延綿成一扇細細密密的白色雨簾，鐵皮屋屋頂因爲大雨叮叮咚咚像戰鼓一樣，我急著跑去找他來看，也不顧是否還在工作，就是希望他也能看到，你看，看什麼呢？看窗外看大雨，然後有那麼一刻，時間好像隨著窗外的大雨一秒一秒地，在我們心裡面敲著一首青春愛戀的進行曲。

他開始每天晚上吃過晚飯後就騎著偉士牌來找我，然後我們從巷口這一頭走到巷口那一頭，要不就是打著收訊嘈嘈雜雜的公用電話，不談什麼理想，也不談什麼未來，僅僅說些日常瑣事聽到彼此的聲音就分外開心了。

穿過偌大廣場的一角，就是愛國東路，直走往台大醫院就是中山南路，這裡曾經可以搭上北淡線，我走出了廣場，聽見遠遠在背後的青春笑語彷彿飄著飄著飄走了，我轉頭望著走過的偌大廣場那些喧鬧的年輕背影，彷彿看見其中十九歲的自己也在裡面，跳著笑著。

他接到兵單去了高雄每天一封信，我進了補習班準備考大學，每天非常不專心的看書上課；接著我重考一年，他還是遠遠在南部數饅頭；我考上了，他退伍；我進了傳播公司上班，他剛上大學一年級；我準備出差異地三個月，他在廣告公司做他最愛的廣告。

陸續進入社會工作的我們，離當年在夏日大雨連綿的窗口初初認識的兩個年輕人，似乎變得不一樣了。兩人之間相處摩擦愈來愈多，是我的專心致志讓他想要逃離，是他的猶豫讓我深深失去安全感，沒有想過分手這件事可是卻也不知道怎麼再在一起了。

就在這時候他進了醫院，繁複的病理檢查，每天排滿會診，同事夥伴老同學老朋友，接二連三來探望他，還找不出原因的疾病不斷侵蝕他的身體，一直瘦一直瘦，那一定是我很自私的想法，只有在醫院的時候，沒有了外界的繁花盛景，人才可以很單純面對面，即使他病弱單薄，我都無所謂，因爲那時的他才能夠眞正與我在一起，甚至可以這樣一病不起，是多麼幸福。我一直沒說出，固定到醫院陪著他，一小時，兩小時，他時而沉默，時而精神愉快，不曾想過死亡的形式，雖然有時候獨佔，也是另一種情感的死亡。

時間一天一天的過去，一直等不到更明確的說明，他說可以跑跳，可以發傳眞打電話，向客戶哈腰作揖都變得如此珍貴，一個月、兩個月、三個月，終於檢查報告出來了，只要以藥物控制不使其復發，就可以回到工作崗位上了。如果這是一場愛情的考驗，我以爲我們會跨越得過，被疼痛折磨的是他，我在疼痛之外自私地想像與擁護是不能夠明白什麼的。

他愈來愈沉默。

當我第二次異地工作回來時，見面的次數要特別約定，打電話的時間愈來愈短暫，然後有一天他對我說，情感有了麻煩。雖然說得很模糊，但不知道爲什麼我聽懂了。很想要求時間可以暫停一下，讓我準備好應該怎麼來面對這一刻，我從談話的小山坡開始狂奔而下，吹在臉上的風和當初發生愛情時同樣是夏天的味道，夜裡的星空澄淨美好，但我只想如同初識時挽著他輕聲私語，一起橋上看夕陽、吃紅豆冰，別說什麼再見之類這樣傷感的話，回家睡一覺就沒事的。

但人生，什麼時候開始變得到處都是秘密？解也解不開，想也想不透……

不再見面之後許久許久的一個夜晚，我在電腦課結束後，在中山市場等著北淡線的最末班車，遠遠看著對面車道的公車，陸陸續續開走，突然，隔著四線車道一個隱約又熟悉的身影，那是他嗎？我心頭一緊，然後聽見自己的心跳聲，即使夾雜在來往汽車引擎聲裡還是分外響亮，好像是他？是他站在騎樓前？路燈有一點暗，公車來來往往藉著閃爍的亮光，我也許可以依稀分辨，但等車一過，我就無法確定站在騎樓前的人。

應該是他吧，要搶在他未上車前叫住他嗎，恐怕必須跨越分隔島上才來得及，我提起背包，張望左方來車，確定沒有右轉車輛，再跨越分隔島的欄杆，這一見要和他說什麼呢？再仔細張望右方來車，小跑步，內心忐

忐忑忑，風將我的髮吹亂，過了馬路愈來愈接近他，無意識用手整整頭髮，看著看著他的背影。公車來了，背影匆匆跳上公車，他在公車上面向我，我很快很快看見，像攝影機的快門六十分之一秒，像在寬頻網路上傳一封沒有附加檔案的純文字郵件的速度，原來不是他。

我慢慢走向十字路口，看著人車交織，商家的霓虹閃閃爍爍，剛剛的快速心跳漸漸有虛脫的感覺，也許是期待落空，也許是慶幸並不是他，也許眞的不需要再重逢的，臉頰爬滿了淚水。那年二十八歲，結束青春戀情的第一個夏天。

我已經走到中山南路轉往青島東路，一輛掛著鮮綠配上大紅字招牌的淡水直達車在眼前晃盪而過，從車窗看車內乘客極少。

從青島東路再往前走可以到忠孝西路的捷運站入口，走到入口站在樓梯處，看見台北車站菊色樑柱上顯示的時間和溫度：7:40，25℃，我花了二十分鐘走路，流了一點汗也有一點口渴，想起以前買的一張卡片上的畫，一扇在海邊的窗口，窗台放著花，淺藍色的窗簾，被海風輕輕吹起，窗外一片海洋。

有一回在辦公室接到朋友來電，朋友說著說著輕描淡寫說他已經結婚了，我輕輕哦了一聲，多年以後，原來真的像電影裡描述的，多年以後。掛了電話四周突然寂靜無聲，一個人走出辦公室，走到對面的小公園，有老人坐在椅子上打瞌睡，有媽媽帶小孩玩溜滑梯，有隻狗在大樹下撒尿，有陽光有風的平常日子，我站在小山坡上默默流下眼淚。

現在我不需要再搭北淡線的直達車了。

曾經一路搭著那樣的直達車的我，在雨天、在晴天、在白日、在深夜，靠著車窗背誦艱深冗長的單字是爲了要阻擋流不止的淚水，靠著車窗想起炎炎夏日的正午騎著腳踏車到無人堤防，只爲證明自己不是那麼脆弱；曾經一路搭著那樣直達車的我，看著中山北路沿線總是一間接著一間的婚紗禮服店，一間一間散發出來的絢爛幸福，紅磚道路上行道樹身姿婆娑，每家攝影機的小小觀景窗口裡都有著雙雙對對的燦爛笑容。

我匆匆往回奔跑希望追趕上剛才的班車，告訴自己，雖然不願回頭看見那年的自己，可是卻也捨不得就這樣忘記，就像畫冊裡那麼多的窗口，可是卻有那麼多不同的風景。我開始相信人生的故事不會就這樣結束的，如果你願意往前追逐奔跑，一定還會有新的窗口在前面等著被開啓。

那麼再搭一次嗎？念頭是很匆忙的閃過，在廣場上跳著笑著的十九歲的自己彷彿站在我的面前，對我說：去吧！

也許我還沒準備好怎麼去跟過去的他和我說再見，也許當年那悲傷的氣味還是在不知不覺中會襲擊我，但是此刻我只是希望可以很單純的什麼事都不想，搖搖晃晃經過紅綠燈、經過圓山、經過士林、經過我的十九歲……還有那個下著午後雷陣雨的夏日窗口！

愛在蒸發

躺下來的時候，聞到枕頭上漿洗過的乾燥，可以這樣沉睡下去吧！就像夜裡躺在母親鋪的乾草蓆上，風扇隆隆吹著，草蓆微微滲透著涼爽，一個人無端無邊就可以幸福地進入夢鄉。

在南灣海灘邊的旅舍夜裡，我熄了燈只留床頭小燈，隱約看見天花板貼著淺粉色玫瑰花紋的壁紙圖樣，夜已深卻不時聽見隔壁房客傳來意猶未盡的笑聲和夾雜著電視娛樂節目的說話聲，在另一床的E說：問我問題好不好？

E是工作上的夥伴，她聰慧而安定，心細如針，永遠有著能夠解讀別人複雜心靈的敏感，和她在一起，由她說話、她表達意見、她敘述故事、她問問題、她回答。我往往只是笑，後來不知不覺成爲一種習慣。習慣養成就不容易改變，所以對我來說問陌生人問題很難，問相熟的人問題也很難。我彷彿是個不習慣問問題的人，而E說會問問題的人比較有趣。

我睜開眼，想起在好幾年前，接近夏天裡一次比較正式的旅次中，我和他彼此的對話。我忘記自己問了哪些問題，我也忘記他問了我哪些問題，我們多半沉默地走在山林之中，也許因爲山楠花開，我們專注屏息芬芳；也許林中神木葉間灑下細細碎碎的陽光，我們凝神享受；也許、也許是山中輕風，乾淨而舒暢，我們徐徐緩緩立在風處，吹著、吹著。我們沒有說太多話。就算是夜裡我們在小木屋的餐廳用餐，不是假日，遊客不多，偌大的餐廳只有兩桌客人。我們點了山裡的野菜、涼拌山筍、清蒸鮮魚，以爲風景看畢，面對吃食，總有點點滴滴能說的吧，竹筷碰觸瓷碗，另一桌客人離席之後，我們仍在餐廳安靜用餐。

我望著天花板，E無語，我聽見自己那年沉默的愛情發出的滋滋聲，是火花燃盡最後的一瞬吧。兩個人在一起，說話變得輕忽單一，竟也是一種折磨，當時沒有發現，現在躺在南灣旅舍的深夜時刻，隔壁房間還在鬧著假日裡最後的狂歡，我突然慢慢聽見海拔一千六百公尺山林中風吹葉片的沙沙聲，是從那時候開始漸漸失去愛情的感覺吧。

我們從出發前就有了一些爭執，大概是對於旅次的期待有所差距，固執強求氣氛的我總是做了過分的想像，隨性隨意的他一切無所安排，但是那畢竟是一次正式的出遊，小小的微言也不能算作什麼，可是多年以後回想起來，那段旅程除了蒸發對愛情的養分之外，一切都像不曾發生過一樣，忘記誰先提議的、忘記出發前那一天的氣候溫度、忘記帶最心愛的日記本、Mr.Children的「深海」專輯、忘記案頭有一捲沒拍完的膠卷、忘記談話、忘記問問題。

E似乎沉沉睡去，我將被拉緊，想問E，每個人都渴望愛情被所喜歡的人聽見吧，或者希望愛情在不斷的訴說中被聽見，有一天，也許以為兩人之間的寂靜是一種默契，有一天，也許是已經不再感覺對方了。

戀歌

我不會唱歌。

應該是不習慣唱歌或者習慣用唸的方式來「唱」。但是我喜歡聽別人唱，我安靜的聽、盡情享受聽歌的幸福。

那一天也不知道是誰先開始的，或者是從哪裡開始的，已經下了班的辦公室，竟然有人就唱起黃鶯鶯的〈寧願相信〉，一點點旋律、幾個音調、幾句歌詞被唱起來，突然就掀開了一些意想不到的記憶……

總是在最不該被想起的時候，一下子通通想了起來。

大家開始互相搜尋彼此的記憶：

有一首〈微風早晨〉你有沒有聽過？

〈早晨的微風，我們向遠處出發中……〉

還有、還有〈曠野寄情〉！

〈我又回到相遇的地方，一個空曠淒情的地方……〉

〈化妝舞會〉、〈化妝舞會〉妳會唱嗎？

〈!#%&? 還沒有人想起來，又有人說了一首〈忘川〉

有一條小河叫忘川，喝了川水就忘了一切。忘了一切，也忘了自己。

有一條小河叫記川，喝了川水就記起一切。記起一切，也記起自己。

喝一口來自那忘川的水，再喝一口來自記川的水，忘一切，又記起了一切。

突然想起買那張專輯唱片的自己。

下著雨的星期日下午，在家準備期末考試，和妹妹兩人坐在客廳的一張大桌子，漫漫的讀書時間總想偷偷做一些平常無法被允許的事，愈是無法被允許所以就愈有赴湯蹈火一試的勇氣，譬如很久以前就想聽的這張專輯。

我偷偷騎著爸爸的腳踏車，老式黑漆的載貨腳踏車，雖然笨重卻讓我可以馳騁願望達成的快樂。我記得當早春的綿綿細雨下在頭髮和臉頰上，我低著頭迎著風，外套胸前放著唱片的溫度，卻讓自己感受不到那個料峭春寒的下午，反倒是因爲自己毫無目地、毫無理由地做一件想做的事，心裡充滿溫暖和喜悅，那個突然臨時起意買唱片的下雨天的下午，讓自己忘記期末考、忘記偷騎腳踏車、忘記未來。

有一首〈你是我所有的回憶〉也好好聽。又有人提議。

〈雨在風中、風在雨中，你的影子在我腦海搖曳……〉

〈再別康橋〉呢？

〈輕輕地我走了，正如我輕輕地來，我揮一揮衣袖，不帶走一片雲彩……〉

爬山的時候最好唱歌。

同樣因爲一些音符，有一次在擎天崗的草坪上，一群朋友曬著午後的暖陽，忘記攀爬時的喘氣、無力、痠痛、狼狽，吹著風，就又唱起來……

一開始是一些兒歌。叫〈秋天的童話〉嗎？〈鳥兒輕輕在歌唱、鳥兒輕輕在歌唱，親愛的朋友啊你在想什麼？〉

然後慢慢是一些記憶的流行歌曲，唱了一段之後，同行的秀雲說有一回男友出差在尼泊爾拍照時，每夜只要放起陳昇的歌，就因思念而忍不住流淚……被我們尖聲說濫情，秀雲無所掩藏自己的款款情意，在山坡上，她紅紅的兩頰幾乎賽過頂頭陽光，我們看到愛情的溫度在燃燒，燃燒。秀雲五月結婚，訂婚之後她特別請了一天假，和小高開著小吉普分送他們的喜餅，她唱起的不再是〈最後一次溫柔〉、〈把悲傷留給自己〉、不是〈別讓我哭〉，而是屬於兩個人的歌吧！

還有人繼續說出各種歌名，等待別人共同唱起，可是偏偏有的歌只記得歌名或者只記得是誰唱的，但是完全記不得旋律、歌詞，半句都記不起。可是明明就快要記起來了不是嗎？怎麼唱呢？一定要想起，那代表一種過往的心情、一種難以替代的氛圍啊！屬於私密的卻又公開的情緒。

我突然記起一首徐訏的詞被改寫的歌，突然記起自己曾將歌詞抄給當時正在當兵的初戀男友，突然記起好久好久已經沒有在心裡被「唸」起，失戀多年後我完完全全忘記的一首好聽的歌，是不願記起的心情，是被迫鎖上的記憶，任何一點旋律都無法記起。

讓人蒼老、讓人青春的愛情啊！

什麼時候鎖上的，我們都不自覺。

凌晨一點躺在床上，仍舊努力想著到底應該怎麼唱？我翻身看著窗縫中一線黑暗的天空，怎麼可能完全沒有印象呢？那麼深的感情即使說結束就結束，也還有一些蛛絲馬跡可尋不是嗎？我記得抄在一張大約寬六公分長十公分的卡片上，因爲很長的詞，我用蠅頭小楷般的字密密麻麻寫了一整張，邊寫邊想著自己對愛情的執著和堅定是沒有人可相比的，我想著透過那樣的詞來表達內心對愛情的感傷和無可把握的部分。坐在書桌前昏黃燈下，將初戀的喜愛、不安、滿足、快樂全部寫在卡片上，因爲握筆太久而右手中指稍微疼痛，因爲俯視過久肩背有些痠疼。而這時我怎麼竟記不起那首歌？

再翻身，聽到窗外下起三月春雨，叮叮咚咚，我起身關窗乾脆披衣坐起，在無光的房間因爲想念初戀的戀歌而失眠，突然覺得有點好笑，同樣的料峭春寒，而我已不再是當年偷騎爸爸腳踏車，因爲一個簡單的理由就會快樂的女孩，我有很多很多欲望、需要很多很多滿足、很多很多讚美、很多很多外在價值，總是要的很多，卻總是無法知足，能夠給我再多一點吧……

又回床上躺下，閉著眼睛，想著自己的十九歲。在暖暖的被窩裡，突然哼了起來。

我要唱這最後的戀歌，像春蟬吐最後的絲。
願你美麗的前途無限，而我可憐的愛情並不自私。

記憶讓人在夜裡蒼老！
因爲雨聲，也許可以用眼淚想念一下那已經很久以前的戀歌。

想起鵝黃色

常常在星期日的下午到黃昏，有一個人的感覺。

一連幾天的綿綿春雨之後，我將橘色窗簾捲起，讓陽光曬進房間，打開電腦，在光碟機裡放進槇原敬之的〈Such a Lovely Place〉，頓時有一種新時代的爵士味。

我開始整理書架上的書，拍去灰塵，一本本倒立、反的書，幫它們找到屬於自己的位置，有些書沒有幫它們找到位置的，便順手塞進其他的空位上，雖然心裡想如果下次要找恐怕不知所在，而稍微猶豫是不是必須重新排列時，還是固執地看到空位便排進去。

隨手翻到很久以前唸的書：陳映眞的《山路》、楊牧的《搜索者》，常常會拿起來看一些篇章的書：吉本巴娜娜的、宮本輝的、米蘭昆德拉的、村上春樹的、西西的、張愛玲的。彷彿一切都是很久以前的事，又彷彿是現在此刻才正要發生的事，整理的情緒，一下子陷入無端無邊的時間記憶裡。

我想寫信給妳。

在舊曆過年的除夕中午，妳在花店裡談起新開第二家店的心情，妳問我最近的日子在做些什麼？妳永遠像在十幾年前我們在社團寫稿時的溫柔和期待，妳用店裡限時五分鐘談話的電話，在被限時打斷撥了三通之後，妳說妳不再撥了。我們的談話在我說一些無關緊要的瑣事之間戛然而斷，妳眞的沒有再撥進來，我握著話筒盡量回想剛剛十五分鐘裡我們說了一些什麼？

現在每天早上搭著捷運經過我們唸的高校時，就想起有一天下課的打掃時間，爲了要看一輪西下落日，我們奔跑到西邊五樓走廊的盡頭，在晚自習商科的打字聲中，穿著黑色百褶裙、鵝黃襯衫的我們站在陽台的角落邊，在輕輕透著黃昏晚風裡，看著夏日滾滾紅紅跌入觀音山頭，我們無語。

遠方有一只藍色風箏在高空下揚揚晃晃。

尤其更會想起那個窗口。

被教官申斥的意外，原本只是在窗口開玩笑地表演，沒想到正值放學時刻，學弟學妹在走出校門的同時一抬頭便可聽到、看到我們的呼喊，值日教官看不下去，趕緊上樓制止，於是只好承認因爲心情不好只能如此抒發，教官同情看著我們，訓斥一番後，不忘予以開導安慰，我們在心裡竊笑，卻從此無法忘懷那個窗口。現在高校翻新，每次在車內多少想尋找那個窗口，是記憶中的那個青春吧！

每一次只要想到妳，就想起一些關於十七歲的記憶。

今年夏天突如其來和十年未見，同在高校社團的張約見面，成家發福前額微禿的張，依然不變年少時的桃花眼眉，多了幾條魚尾紋更添「中年男子」的熟味，談起你們的婚姻生活，沒想到答案讓我意外。

張說著有一天智齒疼痛的感覺突然讓他從第一任女友開始想起，被記過轉學、當兵、考夜專，進入日商工程公司，結婚、有了小孩。他收入算是豐厚，可往往覺得匱乏，有一陣子從工地回家就是開著電視讓螢幕畫面啃毒自己，無意識、無重量、無知覺，就連平日信賴慣了的老婆有了新工作不再凡事相詢，也會讓他陷入莫名的惆悵，一切如此順遂，他開始懷疑他能夠了解什麼？

已經兩個小孩的妳，現在的心是老公百分之十、小孩百分之九十，不是妳故意的，是女性的愛不由自主的分配比例，當初的婚姻多少因爲要向父母宣佈妳也能獨立自主門戶。在踏出專校進入社會之前，妳便早早選擇了婚姻，我記得一天下午妳特地帶著男友來到我家，也許因爲太重視妳，總是覺得沒有人配得上妳，而妳說其實愈簡單的男人妳愈能信賴……妳再也不要情傷之後的痛徹心肺，妳只要一個屬於妳自己的家。

婚後妳來信說仍然常常夢見自己在黑闃的長巷中尋找電話，心急如焚怕晚了，家中嚴父等待子女的憂心令自己恐懼，妳一通電話一通電話的找，夢境往往就像眞實般可怕，怎麼辦電話在哪裡？醒來妳意識到自己已爲人妻，突然鬆了一口氣。妳多麼滿足現狀，十七歲的倔強，消失殆盡……

我換了另一張ＣＤ，放下窗簾，煮了一杯咖啡，坐在床沿看著書架上被我重新排列的書，風從放下的窗簾緩緩吹進來，飄進波斯菊的花瓣和常春藤，電話鈴響而我沒有接，對方也沒有留言便掛斷，這麼安靜的時間，我只想留給記憶，好讓我在過往的友情中想念自己的青澀，想念學校操場上拍擊著的籃球聲中有自己初戀的喜悅，想念高校的那個窗口。

今年我的生日妳特地打電話來要我到花店一坐，我們約好了週末的下午，妳在花店等我。在妳經營兩年搬了一次店面的時間裡，我終於第一次來到妳的店。不知道爲什麼，我眞的覺得慚愧，縱使十七歲有著「士爲知己者死」的豪氣干雲，但是三十歲之後，漸行漸遠漸無書的淡薄聯繫，有時會讓我害怕見面和談話，害怕在不知不覺中我們都已經開始言老，害怕總是在喟嘆時間，害怕有著一種對過往記憶的缺憾。

妳問我喝茶還是咖啡，我說咖啡吧！妳驚訝的說我從不喝咖啡的。是嗎？我努力想著，大概已經有好幾年只要早晨一杯咖啡就能夠精神百倍，而對於茶香已久久不再想起。我們眞的無法掩飾吧，在時間的鴻溝裡用所能理解的記憶開始化解談話的陌生。我談工作、妳談開店；我談感情、妳談婚姻；我談未來、妳談小孩。有很多情緒其實在我們個別的日子裡，已經變得不重要。但是，我們努力將生命中彼此失去的熟悉找回來，我坐在散溢著玫瑰、百合、菊、蘭的花香斗室內，看著妳美麗清澈的眼神未變。

也許妳並不知道我的內心已開始濫情而感動地重回穿著鵝黃衫、黑色百褶裙的十七歲光陰隧道中，我彷彿看見那個清湯掛麵、有點胖、有點醜、駝著背懵懵懂懂啃著存在主義而自以爲是的我，以及讓建築科的男生望穿秋水，社團的學長學弟前前後後探聽的妳，如何一起過著嚼蠟般的苦悶青春。我彷彿又看見在一個沁寒的冬天因爲結束初戀而無處可去的妳，和爲失去感情而不堪承受的我，分別獨自幻滅成長。現在眼前坐在自己店裡，擁有家庭、孩子，端著一杯熱可可的妳，和依然單身，每天嗜咖啡的我，在一起擁有談話的幸福下午，我們彷彿重新開始認識一個朋友，在這些年以後。

房間內的音樂不知道在什麼時候結束，漸漸淡去的咖啡香、漸漸昏黃的天色、漸漸歇息的風，一切如許安靜，我聽到窗台上掛著的風鈴聲。

叮——叮——叮——

星期日的黃昏，我想起了鵝黃色的十七歲。

不用說再見

當我漸漸失去一些時間之後，我也漸漸失去記憶的本能。往事無以復加，傷痛的種子不小心在身體的角落，自己長大！

梅雨六月，陰霾雲層緊緊覆蓋在往埔里山區的十四號省道上，J在駕駛座上說，再過幾個隧道，就可以見識到埔里眞正的美。車窗外景色稍縱即逝，還未看清便迅速後退、消失，我們在趕路，催促向前的我們的心，忐忑中帶著些許與老友久別重逢的欣喜。

雨迅速嘩然而下，打在車窗上，節奏清晰而有力，斗大的雨點像極流星墜落，拖著長長的尾線，因爲雨，氣溫不再燥熱，潮濕的霧氣沿著蛇行山路，緩緩蒸騰而上。

記得一年夏天，到妳花蓮外婆家，表妹和同學騎著豪邁一二五，炎炎熾夏的正午，載我們到七星潭看海，三十八度高溫的公路上，海風呼呼在耳邊嘯著、摩擦著。帶著鹹味的亞熱帶溫度，瀰漫在筆直的沿海公路上，就像此刻的霧氣，而那時軀體像在沙漠上，友情是綠洲。

又繞出幾個隧道，山景依舊，雨勢漸弱。這次出發，其實多少因爲臨時起意，沒有特別預設，況且路程之遙更只能隨性而走，想見老友妳，無非只是想重溫如同在台北某個天氣晴朗的週日午後，一通電話，大夥就從四處各地集中約定。即使沒有特別重要的事，呼朋引伴也從來都不覺得有一天人會流失不見。

再走了近一個小時的山路，雨停了，我們打開車窗，讓飄著一點點低溫的山嵐溢進車內，彷彿循著雨後的濕氣，在離開台北的六個小時後，依著妳說明的地址，見到在病中的妳。

妳的精神很好，笑聲依舊，除了瘦。

屋裡擺著一張大床以及青草浴療用的行軍床，面山的窗戶掛著大彩粉色花的塑料窗簾，雖然山區濕氣頗重，地上仍鋪有綠色短毛地毯，靠牆的梳妝台上散置護膚乳液、梳子、棉花棒、未喝完的藥水、補充體力的牛奶、招待客人的易開罐咖啡，屋角堆置台北搬來的換洗衣物、被單。妳坐在床沿，靜靜說著山間生活種種。

每天三餐必須喝掉深綠色的藥粥，每天至少必須在深綠色的藥澡浸浴八小時以上，晚上更必須冰包冷敷。久未進食的妳，特別特別想念任何食物的味道，妳說在山中最喜歡的時刻，就是有客來訪但還未吃飯，這樣妳就可以隨著來客到鎮上，嗅聞著各種食物美味而自樂，即使是一碗清淡的貢丸湯上飄著芹菜香和胡椒味，都讓妳幸福得無以復加，有一次妳隨著母親到埔里鎮上，全省唯一用紹興酒熬煮的茶葉蛋，妳堅持母親一定要買，待包裝好，妳堅持打開，然後聞著飄著陳年紹興混合著煮蛋的濃濃氣味。那時，站在一旁的母親想必已經濕淚滾滾。聽著妳娓娓道來的治療方式，見面如許困難，我們不能在這樣的情況下，懷疑存在，或者恐懼生命的消失。雖然事實一切均歷歷如現。

三個月的山中治療，並沒有爲妳帶來預期的復元。炎炎七月，妳被緊急送回台北，醫院的治療無可避免，然而即使在病院的冷氣房裡被宣告只有一個月的生命，妳仍寧願相信自己的意志。在那時，我總選擇等待到黃昏日照漸藍，獨行至妳的病榻邊，一開始或許會有短暫的尷尬，不習慣將放鬆的喜色自然流露的我，大概也被敏感的妳看出我急欲躲藏而沉潛不住的悲傷眼神，也許我最好禁止探望於妳，但我仍做了自私的計畫，在每日黃昏日照漸藍、華燈初上、夏日涼風、蟬聲迭迭之際，我來到妳的病榻前，說說一日來的種種瑣事，唸唸日文單字，握握妳的手，然後說，我們明日見，也許只是十分鐘。看著妳因禁食而孱弱的身體，看著妳的眼神，我彷彿看到妳在慘白的病房中散發著深綠色的光芒，期待永遠發光下去。

友情凝固，希望可以成爲堅石永遠保有。

時間眞的消逝了，在我們潛入生命如同深海的剎那，被妳所獨自遺棄。只有在哀矜的深夜，當我們凝視著彼此虛幻的陰陽軌道時，才漸漸對背棄的意義，做了一次徹底的理解。

同樣的炎炎熾夏，在辦公室的冷氣房裡接到妳死去消息的電話，不是才正要開始嗎？計畫在哪裡有一個屬於自己的窩，計畫旅行、計畫學習……妳向來獨立，也不太有所要求，日子總是特別容易滿足。突然而來的錯愕，我以爲只要意志存在、只要夠勇敢、只要夠勇敢、只要有計畫，未來誰能沒有把握呢？我漸漸記不起妳的樣子，但妳的眼神，卻愈來愈清楚，那種不小心踏進死亡的縫隙中不得不奮力一搏的勇敢。表妹說在最後的一刻，一切都來不及說，妳只渴望依偎在母親懷裡，就像初生嬰兒一樣，回到最溫暖的海域中。

葬禮在八月舉行，瞪視著妳青春焚燒後的灰燼，一種夾雜悲傷，沮喪而啞然驚恐的無以爲繼，頓時佔滿生活的每一個時候，看著旺盛活力的妳，就在黃色幡旗的背後獨自沉睡，陽光裡有哭聲，更教人不忍妳的離去。

一切都未曾改變，烈陽熾熱下我在城市裡活著，時間不斷勇往直前，而且愈來愈快，我在某個安靜早晨等待捷運，突然想起南下探妳的那場六月梅雨，我們準備返回台北時，妳站在門口堅持和我們說再見，無意間瞥見妳強忍不捨的尷尬笑容，像莫札特的慢板，在雨中噗噗唆唆地散開來。

此刻，我在月台上聽著蟬聲迭迭，清風拂拂，竟不由落下淚來。

簡單的感性

愈往上走，馬路上的車聲愈來愈小，這條上坡路是通往藝術學院校區的通路，每天黃昏父親都會沿著鋪紅磚的坡路，走到校區內的山坡草地，然後在枕木條堆疊的小徑走上好幾趟，一個小時後才會汗淋淋地下山。小小的山坡可以放風箏、打羽毛球、丟飛盤、野餐。聽見鳥聲、蟬鳴，天氣好的話可以看見觀音山下山的夕陽染在樹梢上的金黃色，或者遠遠看見大度路上一整排黃色燈光，很豐富的一個去處。

有一陣子，我們幾乎每個星期都會到校區內打網球，帶著水和球具，那時候弟弟剛結婚，在球場上女眷多了一個人，一家人在球場上好像變得活絡起來，互相嘲笑球技也教人覺得溫馨。後來父親的膝蓋漸漸無法承受劇烈的奔跑，就不再上校園打球，但是每天黃昏的散步仍是維持著。

很久沒有陪父親走路了，這個黃昏我也換上運動鞋，和弟弟與父親走上山坡路，弟弟和父親走在前頭，弟弟向父親訴說剛成立的公司種種，我一個人走在後面，聽著聽著，突然想到年初一時，一年一度的家族聚餐會上，我們談著新年新希望，已經大學畢業的堂妹、正在讀大學的兩個堂弟、工作的表妹、當兵回來的表弟，甚至純樸的叔叔阿姨嬸嬸，每個人都靦腆地發表一下新年新希望。有人希望老闆加薪、有的希望成績 all pass、姨丈希望帶著阿姨出國旅遊。輪到弟弟的時候，他突然哽咽說不出話來，原本歡笑的過年氣氛突然變得有點不知所措。

印象中弟弟不是會在眾人面前掉淚的人，家中唯一男孩的他一直被姐妹們視爲「毛頭小子」，至於他什麼時候長大的，完全沒有印象。小時候和妹妹帶他玩尋寶遊戲，不小心讓他掉入養豬糞池裡，我和妹妹用力拖他上來，還警告他不准向媽媽告狀；爲了要搶看卡通，不小心讓他坐進滾燙的熱水中，雜貨店舖中午十二點正是人潮擁擠買賣最旺的時候，弟弟一聲尖銳的哭聲，不僅他的小屁股紅痛難受，父親母親更慌忙錯亂；一次和妹妹玩了一下午弟弟專屬的電動汽車，我們只是將車來回從這一頭推向那一頭，媽媽回來後發現電動汽車被我們這樣一折騰早就報銷，相當生氣用衣架抽打我和妹妹，不知道是逞強或是要給弟弟看，我一滴淚都沒掉。

到國中、國四班、唸五專，弟弟一直在反抗、反抗、反抗，很多事情、很多價值觀，實在不懂他，甚至我們都已經出社會工作了，還會一言不合「大打出手」。可是說新希望的那個台北溫度10℃的過年裡，他竟然哭得無法說話，他已經結婚有了一個小孩了啊，太太在旁邊安撫著他，小孩抬頭看他，他還在掉眼淚。

弟弟結婚的那個晚上，送走最後一批客人的時候，已近十點，從南部包專車來參加弟弟喜宴的親戚，他們在車窗口揮手跟我說：要快啊！要快啊呀！弟弟都結婚了，只剩下妳了。弟弟都結婚了，我想我可以自由安排房間、可以多買三個四層自助組裝書架，可以多出兩個落地大衣櫥，兩個床邊抽屜。我可重新購買電腦，重新申請網路，我的文件檔案可以重新設定在我的新電腦裡，我的e-mail可以是我自己的名字。

可是我從來沒有心理準備原來弟弟也長大結婚了，他組織自己的家庭和生活，一下子他變成是一個「大人」，我還一直以爲他不夠成熟、孩子氣、莽莽撞撞，我以爲他一直像小時候把棒球手套弄丟，然後哭哭啼啼不想上課躲在房間的小男孩，又或者自以爲是拿著小學國語課本要到當舖準備典當的天眞小孩。弟弟結婚，也當了爸爸，在過年聚餐會上流著感性的眼淚，原來他只是希望父親身體健康每天要固定運動、固定量血壓，辛苦了一輩子希望父親可以好好享受退休生活。我看著弟弟，有一點錯愕，可是卻不自覺也哭了起來，這是我所不了解的弟弟吧。

父親回頭問我要不要再走一圈？好啊，有什麼問題！已經汗濕衣衫的父親和氣喘吁吁的弟弟依然走在我前頭，鋪著枕木條的小徑上，偶爾見到從縫隙中長出的小花，山坡沒有頂處，只有環坡度最高的一條小徑，我和父親弟弟三人一字站開，在迎風處稍作休息，看著山下已經拆除的嘉新麵粉廠、關渡捷運站橘色屋頂、更遠處的關渡平原和一片片綠色的田。

妹妹就要嫁出去

坐在美術館地下一樓的咖啡廳，我選擇面向落地窗的位置，週末上午，參觀畫展的人尚未擁擠，熙攘人群，三三兩兩談著話，我看著窗外，陽光靜靜灑在灰牆上的綠葉，葉隙間的光線，彷如某一首小提琴協奏曲，我的心漸漸低盪。

讀著隨手帶在身邊的書，而幾乎有一刻鐘的時間，我再也讀不進任何東西，拿起筆，試著模擬我內心一點點起伏的情緒於紙上，卻發現剛書寫的筆墨混雜著鹹鹹的淚水在紙漿細紋中散開，就像泡水的玫瑰，花瓣一片片暈碎、浮沉。

許多時候，姐姐必須照顧妹妹。

我對朋友說，我有一個妹妹。但是，我無法了解姐妹的關係，如同我也無法理解，我竟然會在妹妹被提親的週末下午，獨自靜坐美術館地下一樓的咖啡廳飲泣。若不是想到以前上學時，妹妹老愛把便當盒扔在地上，讓我邊撿邊追；若不是想到每次打掃家裡，妹妹淨挑輕鬆的工作；若不是想到妹妹的愛哭成性、溫吞懶惰、貪小便宜。我眞的無法理解，我怎麼會開始捨不得妹妹？

也不知道從什麼時候開始，我仍在幻想愛情的浪漫，妹妹卻有一套理性而實際的生活價值觀，我是愈依賴、任性、驕傲，妹妹是愈獨立、勇敢、理智。在我眼中妳是妹，而現在在妳眼中的我必是妹！

如果有一種關係，可以嫉妒，卻泛著甜美；可以爭執，卻舒展著對彼此的感情；可以較勁，卻不忘暗暗互相加油打氣；可以冷戰，卻早上醒來就破涕爲笑。那應該是姐妹吧！

我發現我再不是無法理解那份不捨了！

低盪的心漸漸揚起，雖然因想念我們的青春不再而哭泣，但我該是收拾自己童騃的愚癡，盛這個週末裡的燦爛陽光回去，致贈妹妹妳予幸福美麗！

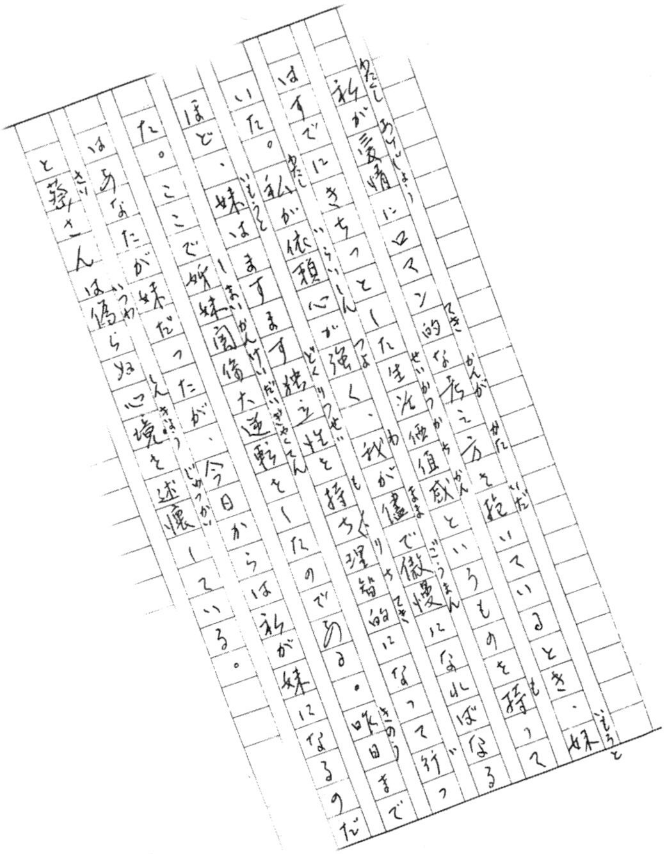
私が愛情にロマン的な考え方を抱いているとき、妹はすでにきちっとした生活価値感というものを持っていた。私が依頼心が強く、我が儘で傲慢になればなるほど、妹はますます独立性を持ち理智的になって行った。ここで姉妹間に大逆転をしたのである。昨日まではあなたが妹だったが、今日からは私が妹になるのだと蔡さんは偽らぬ心境を述懐している。

日語教室的吳老師將文章翻寫成日文，還在上課的時候和同學們一起唸，

我低著頭也跟著大家一起唸，感覺很異樣。

姐妹

以前對姐姐是一種陌生，對妹妹是一種累贅。

我很幸運，三姐妹中我排行老二，從小長得最高、最壯、最像男生，有一陣子脫胎換骨，常常被說是姐妹中最好看、最上相的。可是有一陣子我以爲我什麼都不是，姐姐優良成績每年必拿獎學金，妹妹才藝特殊笑臉迎人，我一回家就有爭吵，落拓少年吧，想探索存在的意義，往往被母親的現實打得粉碎。陌生的姐姐，每次考試一定高分通過，但是她會很謙虛地說考得不好，就像考研究所也是她偷偷跑去考，同學打電話來詢問，爸媽才知道，姐姐說一定考不上，誰知道放榜的時候，她還是第二名錄取。妹妹演講比賽、作文比賽、美術比賽都有得名，老是拿一些怪怪的獎狀回來，甚至是手球比賽。怎麼會有這種獎狀？

現在對姐姐是一種傾訴，對妹妹是一種傾聽。

姐姐陸陸續續看了一年的房子，終於搬到家裡附近，妹妹住八里過個橋就到，距離產生變化後，感情漸漸不一樣。尤其她們共同經營組合盆栽的工作室之後，每個星期假日成了聚會的最佳理由。姐姐是工作室設計師、妹妹和妹夫負責採買送單和業務，因爲大部分興趣使然，大家全是利用工作之餘，拈拈花草，有時姐夫也湊上一腳出點主意。所以一放假，我常被抓公差，照顧小朋友。

那種聚會的感覺像小時候吃三色冰淇淋，很幸福、很快樂。

在面著小山坡的後院，輕風拂拂，對於花材有各種意見，妹妹希望誇張而有個性，姐姐希望構圖緊密而扎實，這時出門探頭的姐夫會說，嗯不錯哦！安靜任勞的妹夫默默翻弄培養土，靜靜完成他的工作，等大家詢問他的意見時，他才會專業帶著沉穩的聲音說話，不過說什麼好像也不是很重要，在這個後院，與其說工作著，不如說是在一種時光暫停的隧道裡。

我們各自都變成父親第一次買相機的那個夏天，住在工廠內臨時搭蓋的阿嚕米房子，我們常常以寄宿工廠的空地，作爲我們免費的「庭院」，那是吹著貧窮卻滿足的午後涼風，曬著炎熱讓人昏睡的安靜陽光，我們在其中奔跑玩耍，父親用黑白膠卷攝下我們站在夾竹桃和矮榕樹下的合照，那時小弟剛滿周歲穿著開襠褲笑出兩個酒窩，愛吃糖的妹妹露出半蛀光的門牙，黑著一線像極小女巫，姐姐永遠靦腆鼓著腮幫子，我瞇著眼睛盡量露出小學二年級該有的無邪燦爛，父親一點點、一點點幫我們收藏最早可以記憶的模樣。

天氣夠熱的，姐姐端出冰鎮柳橙，我抱著姐姐等了十年才等到的女兒妞妞，我們一起喝著酸酸甜甜的新鮮果汁。有時候總覺得大概是只有姐姐才知道我現在努力追求生活的想法，我們常常在她女兒熟睡的深夜通著電話，我是一股腦將工作壓力、相親壓力向她「申訴」，全職家庭主婦的她擁有最良善的心思，總是顧及所有人的立場，她的意見有時並不能讓我接受，可是她讓我舒展情緒，我不知道有一天我是不是可以爲她承受一點壓力，就像在漫長等待孩子降臨中，我也只能默默站在一旁。妞妞對著我嘻嘻笑起來，我好像看見那個鼓著腮幫子的姐姐，好不容易照完相才展顏歡笑的樣子。

妹妹做完一個盪秋千人形，掛在常春藤攀滿的弧型鋼架上，一種在森林中蕩漾的自由感是她盆栽的主題，但是她只要完成一部分就會喊累休息，永遠要大家知道她的「付出」，就好像以前她會在生日前夕昭告所有人一樣。生了一個小baby的她好像不是妹妹而是姐姐，可是等她寫e-mail給我的時候、她路過回家吃飯的時候、她在說婚姻中的趣事的時候，仍是妹妹。坐了太久的三菱貨車，剛買二手轎車的那個晚上，妹妹和妹夫坐在車裡面開著冷氣、打開音樂、兩人在深夜的地下停車場享受計畫未來的快樂……我不知道原來妹妹有許多人生的美感，譬如她在後陽台釘了一處賞河雅座「淡水河」、她在情人節的時候留了一枝玫瑰花在我房間、她會手語是因爲在學校參加了殘障生輔導員。這些都是她結婚後才漸漸知道的，有時候了解一個人不是因爲靠得近，也不是因爲時間夠久，而是在很多時候不斷眞誠的分享。

植栽接近完成，姐姐很滿意她的創作，白玉萬年青、萊姆黃金葛、白網紋草加上山蘇、嫣紅蔓，自然野趣中仍看見靦腆的羞澀。妹妹覺得她自己的最富創意，只有常春藤勾出的誇張線條，單純的視野。我看見鷹在藍藍的天空緩緩翱旋，輕風更輕，笑語更濃，下一個節日，我們準備在這個庭院擺上一個大型的游泳池好讓小朋友有一個夏日派對，然後我們會在他們嬉戲玩耍的四周，喝著冰涼麥茶，開始說著關於小時候的水塔房子、保鑣連續劇，刺激的颱風夜、過年的壓歲錢。時間往回堆疊，姐妹像是另一種交心的朋友，說著方言可以表達感情的那種。

一顆星星的高度

1.

這一年年初，開始了一個非正式的拍片工作。

開鏡第一天，天氣晴朗，氣溫攝氏十五度，場景在木柵山坡上，這一日我的表演沒有任何台詞，大部分的鏡頭就是拖行李箱，拖劇組製作的面具，拖一個假造的嬰兒，然後又是拖行李箱，我穿著深咖啡色大衣、黑色短靴、尼絨及膝裙、羊毛圍巾，佝著身體沉重地拖著、拖著、拖著。

和一群二十來歲的電影、攝影科系的學生，大部分都是第一次見面，他們帶來機器、軌道、螢幕，不純熟地跨出自己未來電影夢的第一步，我僵著臉彎著背，導演說Action，我就邁步拖，負責攝影的小零大眼睛大嗓門，皮膚白皙瘦高長腿，抱攝影機如同抱著愛人，馬路車來車往一不小心前車放慢速度觀看，後車就急速喇叭猛按，小零鶴立片場大吼「幹」，我在她掌鏡的鏡頭前走過爬滿藤蔓的牆壁，走在來往車輛疾駛的中間道路，山坡愈來愈高，風很大，頭髮紛亂。我默默拖著空著的行李箱，緊握拳頭，聽說二月的柏林影展，她以自己的作品和履歷取得青年影展的觀摩機會，不過清秀佳人的大尾作風著實還是讓我吃了一驚。

倉促成軍的工作班底，大家都是有空來義務幫忙的，青澀的學生製作，技術層面看來總是捉襟見肘，副導演一日下來煙不離手，負責場記的永遠要問這是那一個cut，東缺西缺的拍攝現場，就看見她飛車上山下山來來回回張羅，全場最亢奮的該是這片子的導演，熱情專注全然傾心花了好幾個月的時間修改劇本、開會討論、看景，終於有了一點動起來的眉目。

有一點混亂、有一點新鮮、有一點吵雜、有一點好奇、有一點爭執，啊，這是二〇〇四年的第一天，我突然想，自己是在幹嘛呢，爲什麼不是像往年一樣清晨透早去爬山來展開新的一年呢？爲什麼不是和死黨朋友戀人一起舉杯清酒迎接新的一年呢？爲什麼沒有攜手和家人和樂融融踏青去？眼望四周淨是小自己十來歲的一群人，他們圍起來的一個小小電影夢，是要證明什麼嗎？是要特別留下什麼紀念嗎？是我想抓住青春什麼的然後如此攪和在一群學生片裡？是只因爲當初學生導演的一句這個角色非我莫屬？還是因爲改編的小說是我最愛的作者？還是劇情故事的發展就如同內心一直存在的悲傷感覺？或者只是二話不說純粹義氣幫忙？好像有幾百個小小細細的原因，但總不比突然有一天，一個簡單的念頭閃過腦海，咚幾個字跳出來：就來試試演演看吧。

於是，白天上班接電話、催稿、影印、叫送快遞、看藍圖封面打樣，晚上下班空檔搭捷運到千辛萬苦商借來的房子裡表演拉棉被、暈倒、先生外遇踢倒垃圾桶，學生導演說情緒要壓抑也要發飆，或者場景移到耕莘醫院演一段女兒自殺匆匆趕去的慌張，或者連續好幾個週末假日，早上出門一路搭車到新店山上，晚上深夜收工，趕緊搭上最後一班捷運回到郊區的家。星期一繼續上班工作，繼續一有空檔就拍片。白天是出版公司的編輯，晚上變成一個平凡的中年女子，細細碎碎過著一般的生活，艱艱難難完成人生的每一個步驟，但多想掙脫，多想有愛。原小說是更纖細的文字書寫，透過影像能表達出幾分神韻也無法預測。

2.

我不知道爲什麼旋轉的時候，竟然哭了起來。

全場只有一盞燈掛在四十五度角的位置，一開始我試著從地板沒有亮光的黑暗中，一步晃著一步，慢慢跨步走向光亮的所在，然後我開始旋轉，一圈又一圈，時快時慢，時快時慢，我以爲這不過是一場旋轉，可是我卻流了眼淚……

劇情的發展到今天，是努力維持生活秩序的平凡中年女子，碰上一個溫柔男子，但當幸福感來臨的時候，也不那麼明白是怎麼一回事。不過即使不明白，女子想如果能緊緊把握的話應該就有務實的幸福吧。

未曾想過會演成什麼樣子，也不在乎會演成什麼樣子，但怎麼一切演出就像自己的現實生活切片，當我愈來愈正視鏡頭裡的自己，就愈來愈驚訝看見那從未看見過的自己。長久以來，你不知道自己除了早上鏡子裡的自己之外，你還會有和別人交談的自己，哭泣的自己，偏見的、固執的、軟弱的自己，也許你曾經知道，但你卻從未那麼清晰而犀利逼視過。

我才明白當初閃過腦海答應演出咚的幾個字，現在可排山倒海一一向我挑戰起來了，不是挑戰演技什麼的，而是翻轉出我的膽怯，恐懼和隱藏在內心的小女孩。

我旋轉，這些傢伙全都一一跑出來和我拔河，我繼續轉把它們用力甩掉，心很痛，很不知所措，我開始流眼淚，原來獨立奮戰是這麼一回事，有家人愛你有朋友愛你有戀人疼你，有穩定的工作有漂亮的房子有美貌有才氣，可是那麼內在的自己還是要獨自面對的，有的人可能一生都逃開來，但是我在此刻卻眞眞實實拉扯著。

3.

大雨不停，連續好幾日都是這樣傾盆狂洩的豪雨，早上還是有戲，我等在捷運站準備上山，約定的時間到了，騎著摩托車來的學生導演說載我上山。

我想著在這樣大雨時坐摩托車的自己，是好多年前，初戀情人退伍之後考上北縣的大學，租屋在外我前去探望，接近黃昏之後卻突如一場大雨，偏偏還要準時回家，於是兩人默默穿上雨衣，默默發動引擎，好像吵了架似的，頂著狂風驟雨騎著偉士牌一路坑坑洞洞，停停走走，頭髮濕了，臉頰濕了，鞋子濕了，背包濕了，騎了十幾分鐘就已經教人想要放棄，但也不知道爲什麼兩個人誰也不說等會再走吧，或者別回去了之類的話，將近一個半鐘頭的車程，好不容易到了家門口，一下車狼狽不堪屁股簡直痠痛僵硬，戀人接了我脫下的雨衣也無話可說，匆匆說了再見，彼此只想快快擦乾身上的雨水吧，或者想要快快結束疲憊的情感呢。但那時，大雨之中坐在後座的我喜滋滋覺得共患難如此堅固是不會變的。

想來都是好多好多年前的事了，之後恐怕再也不會那樣折騰自己。

對於現實裡的執意，對於兩人情感的執意。

我抱歉地說是否自己搭車上山就好，天雨路滑山路彎曲或許只是藉口，三十來歲呈現了許多要命的姿態，一時之間可能不太能夠馬上改變的。

4.

年初開始如火如荼的選舉嘉年華瀰漫整座台灣島，平日絕對不是什麼色彩鮮明的支持者，國仇家恨反共大陸好像都已經是恐龍時代的標本，小情小愛三餐溫飽才是生活重心，但這個週末說好不排任何拍片通告。

清晨六點出門，搭上遊覽車，一路唱詩歌，喊口號，戴上帽子，綁起布條，要在台灣這塊土地上，手牽手。沿路都是活動的參與者，每個人彷佛有著共同的目標互相見著了，笑臉相向豎起大拇指，相同的信念價值讓人這麼靠近，政治如是，信仰如是，愛情如是。遊覽車開在高速公路上，窗外天氣晴朗溫度彷如盛夏，人爲什麼要有理想和熱情呢？

一路上黃黃綠綠紫的紅的，身穿色彩繽紛的旗子帽子T恤的支持者穿梭在大街小巷好像全台大郊遊，在中途站休息吃食之後，每個隊伍陸續到達指定的牽手定點上，眾人挨序排列開來，每個人洋溢著興奮與激情，所在位置的省道上三義鄉長的宣傳車來來回回喊著感謝口號，站在馬路邊太陽高高落在我們的頭頂上，空氣躁熱明亮，只要藍色天空出現直昇機，地面上的歡呼聲就如雷貫耳，拚命揮手，機上的攝影鏡頭一定拍下了細細小小的人龍吧，我打了簡訊給一群熱血澎湃的女孩，兩點十分，兩點二十分，兩點二十八分，牽起手，就是一種宣誓和盟約，兩點三十五分，兩點四十分，兩點五十分……

回程的車上分外安靜，大家都累了，只有掛在遊覽車上的閉錄電視播放著費玉清主持脫口秀的聲音，十五分鐘播放完畢又重複播放，剛剛結束的激盪情緒，和此刻存在的空間感，現場音效相比顯得很突兀，很好笑。這只是歷史性一刻的莫名插曲吧，回到市區回到家回到工作時，還要繼續運轉在這個生存的機制裡。這是人一定要保有理想和熱情的原因嗎？即使理想和現實總是存在著距離，即使熱情總是被現實莫名其妙的擊倒。

5.

結束新店山上主場景的拍攝之後，接下來就是比較單純的定點，譬如說在醫院，在辦公室。已經拍了將近兩個月的戲，六七十個分場，幾百個分鏡，拍了將近二十來捲ＤＶ帶，看來總算有接近尾聲的眉目。

那一天我們拍完了整齣戲裡最具艱困的「床戲」之後，收工時已經是晚上十一點了，又是一個雨水紛飛的夜晚，但能夠把最難表現的部分完成，對大家來說不無鼓勵，就算先前的拍攝作業實在混亂有加，但是年輕的時候誰會想到什麼規律組織呢？年輕不就是憑著一股理想和熱情，跌跌撞撞殺出一條康莊大道的嗎？

我和她同路搭車，上了車有一搭沒一搭聊著，兩個月相處下來，看她是片場最忙碌的一個人，因爲她永遠在尋找東西，攝影蓋、場記表、燈罩、麥克風、膠帶……都是一些細碎的工具可是卻又是必須的，但她永遠記不清東西擱在哪裡，我在現場有時滿驚訝她的失態，但她還是會出現在每一次拍片的地方，不管路程多遠不管時間多晚不管有沒有需要她。有一回她對我說她的生命基調就是跌倒和丟東西。我啞然。

終於忍不住問她，如果她在這樣「搞破壞」下去，不僅大家情緒受影響，還會阻礙拍片的進度，和七年級生講話，直接一點是否恰當？她說她有不得不的理由。啊，捷運轟隆隆駛過大坪林、景美、萬隆。公館站零星幾人進入車箱，她愈說愈激動，她說，她說，她說……

叮叮叮捷運車門打開，一群人下車又一群人上車，叮叮叮捷運車門關閉，遠藤周作的《沉默》，司祭閉鎖在監牢時聽見外頭的談笑聲，心中悲傷，思索所謂罪，是一個人通過另一個人的生命，而忘了留在那裡的雪泥鴻爪。

此刻她說話的聲音纏纏繞繞在我耳邊，不知道爲什麼這個時候我想起《沉默》所描寫的這個片段，她到站下車，走進了人潮裡。我靠在車窗上閉起眼睛，聽到心裡有聲音顫抖說：愛裡沒有懼怕，愛既完全，就把懼怕除去。

6.

這是接近尾聲的一場戲。

從公車下車後開始跑步，拚命的跑，彷彿要跑出自己的人生錦繡。

拍片通告是總統大選那一日，下午四點結束投票之後，五點開拍。

我一路跑，夕陽在大樓遠方慢慢落下，甩了皮包，脫了上衣，平凡的中年女子要跑向愛人的身旁，要跑向屬於自己所選擇的幸福。

路燈亮起，聽見遠處有隱隱的鞭炮聲，朋友打手機來，我們一起尖叫，都不是什麼政治狂熱分子的我們，可是現在好像小時候深夜兩三點鐘爬起來看世界盃棒球賽一樣，第一局，第二局，第三局，一局一局看下來的時候，台灣代表隊一直處在頹勢，還差三分，還差兩分……實在坐立難安，又不得不看下去，上了廁所回來，到廚房喝了水回來，滿壘，滿壘了嗎，兩人出局，天啊來個全壘打就好了，不敢看眞的不敢看，三振出局，安慰自己沒關係沒關係還有兩局，第九局下半，又是滿壘，最後一搏了，眞的是最後了，鏗，不會吧，主持人的聲音開始狂亂地叫起來了，再見全壘打，各位觀眾各位觀眾……朋友又來電，開票結果雖然還未正式公佈，可是似乎已經大局底定，眞的嗎？

導演喊卡，我問可以了嗎？導演說收工了！

不知道是怎樣的心思，一個人又像四年前跑到總部的廣場上，周圍交通早已經管制，旗海喧騰，舞台上朗誦詩歌，舞台下喇叭齊鳴，歌聲音樂中政治明星一一上台，要和平要冷靜要包容要寬闊，我只能打簡訊，現場已經無法通話，因爲激情淹沒了言語。

離開廣場時我搭上計程車回到無人的辦公室，尋找多年前寫的一本採訪書準備明日送給教會的日本朋友，車上高架橋，行過松江路、新生南路、大安森林公園、和平東路，距離剛剛的喧騰，這一段路顯得好寧靜好寧靜，我很想哭但不知道爲什麼要哭，是活得太認眞了，所以負荷不住謊言，是眷戀太多了，所以承受不起離離合合的絕情，是太執著了，所以一直都放不下。

7\.

悠悠想起那一年手機簡訊上戀人捎來的一通訊息。
當時只是覺得過不下去了，而親愛的家人和友誼緊抱著我。
唉，愛情。

8\.

親愛的上帝，
是否請你像給星星一樣的亮光，也給我們一點光？
是否請你像給太陽一樣的溫度，也給我們一點熱？
是否請你像給沙漠一樣的乾燥，也擦乾我們的眼淚？
是否請你像給天空一樣的廣大，也開啓我們閉鎖的心？
是否請你像給海洋一樣的深淵，也讓我們明白此生的遼闊？

9.

知道哲生走的那一天下午，辦公室靜默一片。

晚上仍然去到日文教室。我看著老師，想起去年底問老師今年有什麼新的計劃？老師笑了笑說，到了這個年紀也不會去在乎什麼計劃不計劃，就是每天一樣過日子，相信自己還能夠活到一百歲，那麼所有的細胞就會配合運作，相信自己還可以去環遊世界一周，那麼所有的意志力就會往前邁進……老師就是這樣一個人，有活力並且節制。

回到家，我轉開電視，可是轉來轉去，貧瘠的媒體只願意將速成的話題一再炒作，即時已經炸乾了還扭緊不放，深怕空無的大腦漏了什麼值得炫耀的獨家，還沾沾自喜義正言辭面不改色暴露無窮盡的淺薄短視。但想想，這樣也好，否則粗糙的報導只會讓人更生氣。

遠距離的哲生，此刻似乎更遠了。

那時公司剛成立，下雨天他抱來一大箱文稿，原本送來了就要走了，但英俊挺拔的「快遞先生」就一起吃個飯吧，同事和我還有他三人就公司附近的小餐館，那一天談了什麼已經不記得了，但是妙語如珠的他自嘲自己的能力，讓我們笑翻了，現在想想覺得當日的笑放在今天好悲傷好悲傷的。

第二回與副刊大夥吃飯，知名江浙菜飯館的餐桌上，一團笑聲中，他細細慢慢捲起煙來。第三回朋友家中聚會，有熟的有不太熟的一群人，他全場展開笑料話題，怎麼對他的印象就是讓大家開心的一個人，可是爲什麼讓大家開心的一個人，會選擇讓大家傷心的方式離開呢？

已經結束的典禮所有的人還守在會場門外，是不是應該還有點什麼？人怎麼可以就如此離去呢？但人眞的就是這樣離去了，一通電話之後，一個轉身之後，一個眼神之後。

10.

片子四月中旬殺青了。

從二〇〇四年年初到現在。

此刻想來是很短暫的一段時間，卻不斷挖掘過去不曾發現的自己。

星期一的早晨，接到朋友來電，她唸了寫的一封信，問我是否該寄出？我雖然言語安慰她，但我腦子裡其實很想大吼夠了夠了，沒有什麼過不去的，每個人不都是這樣長大的嗎？時間會治療一切，星期一了我們要振作起來，要過日子，要工作，別再小情小愛了，我似乎忘了情感的痛是怎麼回事，我也幾乎不記得當時朋友是怎麼包容我的低潮，卻壓抑著其實不耐煩此刻脆弱的她。

後來掛了電話，可是我很懊惱，甚至有一點羞怒，明明是該好好聽她傾訴，可是她的話卻又莫名刺傷我，這算什麼呢？自責又自我的傢伙翻滾撞擊在星期一的早晨。我繼續泡咖啡，烤麵包，每個人都有每個人要過的生活不是嗎。我還是這樣自私的想。電話鈴響，算了，是誰都不接，電話鈴又響了一次。我低頭，喝了一口咖啡。

如果在以前，我們可能好幾天都不會說話。可是不知道為什麼，當我們面對面坐下之後，我卻開始哭，她說哭什麼，又不是妳失戀，我說不出話來，只能用眼淚對話，她遞給我衛生紙一張接一張，然後她也開始哭，我遞給她衛生紙一張接一張……

她說要安靜四十日，如同主禁食四十晝夜承受魔鬼試探，我感覺痛，因也曾如此煎熬卻無法走過試探而一次又一次傷痕累累；她說要幫她扶持她為她默禱，我可以嗎？早上不是還自私地掛了電話，任性活在自以為是的理所當然裡，她說，她說，她還說什麼我已經不記得了，可我記得不斷流著眼淚的我們，並不覺得那眼淚是悲傷的，是絕望的，淚水反而成為希望的灌溉，成為信心的滋味。

11.

拿到初剪的片子之後，在同事都一一下班無人的辦公室裡，按了電腦的播放鍵，戴上耳機，一個人坐在桌前看著，看著拖行李箱的自己，說話的，壓抑的，尋找的，旋轉的，奔跑的，釋放的自己，辦公室外下著傾盆大雨，三個月的拍攝，剪接在一小時又十分鐘的ＤＶＤ裡。

我彷彿又回到連續幾個週末假日，從白日到深夜，最後老趕著末班捷運回到郊區，幾乎已經半拉上鐵門的車站，月台稀稀落落幾人下車，然後出了剪票口獨自要再走一段五六分鐘的路，拍攝期有時低溫濕冷，下了車小跑步只想趕快回到家，邊跑時心裡很不解問自己，眞的，到底在幹嘛呢？

手機上意外出現許久未聯絡的他寫來的簡訊，不知道爲什麼還是爲了其中的一句話哭得很徹底，夏日涼涼的深夜裡，好像沒有任何可以訴說的話語，就是眼淚汨汨地流，然後也不知道哭了多久，站到窗口，啊，是星星。

天父說，一宿雖有哭泣，早晨便必歡呼。

就是那樣一路走過來的吧。

無論是情感，是生活，總是憑著單純的心，去愛，去完成一件當時看來根本不重要的事，雖然也不明白即使完成了之後能夠擁有什麼？

但我總明白，要往前奔跑，要繼續攀爬，直至一顆星星的高度。

後記

這本書收錄的文字從一九九七年到二〇〇四年，當時覺得非寫不可而寫下來的，現在看看也都無關緊要了，厚著臉皮把它們印刷裝訂起來，彷佛成為人生某個階段的鏡子，哪天拿出來照一照，或許會不知所措地羞恥著，啊原來當時的我是這樣的。

從寫第一篇酸甜日記的計劃書開始，就不斷來自培園或而激賞，或而威脅（說作者已經失去放封面的條件囉），或而鼓勵，或而玩笑催逼的攻勢，這位摯友老是用著恆常的耐心，以及毫不留顏面的真性情，打擊我，安慰我，看見我……於是每每當我繼續緩慢地書寫時，便充滿著一股傻勁和感謝，相信天父所給予我的恩賜，如此獨一無二，如果現在我能夠有一點能量和信心，是因那不住為我默禱的友誼美好的守護。

謝謝樹君總是輕輕柔柔說，鳳儀，那我們就下個星期交稿囉，如此的看重，總讓我不敢延遲她的好。雖然只維持一個秋天的小專欄，可是身旁的朋友準時收看的心意教人溫暖。謝謝Ellen對這本書所花的心力，看她默默行事，不疾不徐，卻讓書有了生命，以及早在多年前就已經預約好的Leo，對書籍的裝禎總是充滿著熱情，尤其願意嘗試各種可能性來豐富此書，還有要費盡心力推銷此書的弘一。

謝謝黃仁益，大清早來到郊區，工作起來忘了喝水忘了吃飯的拚命態度，三不五十還妙語而出不僅讓人笑翻了，更敬佩他的敏銳、專業和渾然天成所洋溢的攝影才華，這本書有他掌鏡，是我的幸運。

拍照的那兩天，我時時不可思議於自己的變化，只想把自己隱藏起來的人，現在卻變得如此暴露了，至今我還深深懷疑著那些影像的完成是關於我嗎？陽光燦爛，風和日麗，穿著白衣黑裙，快樂快樂地張開雙臂……

謝謝你，在某個遠處的角落，溫柔地讀了這本書。

謝謝親愛的家人。

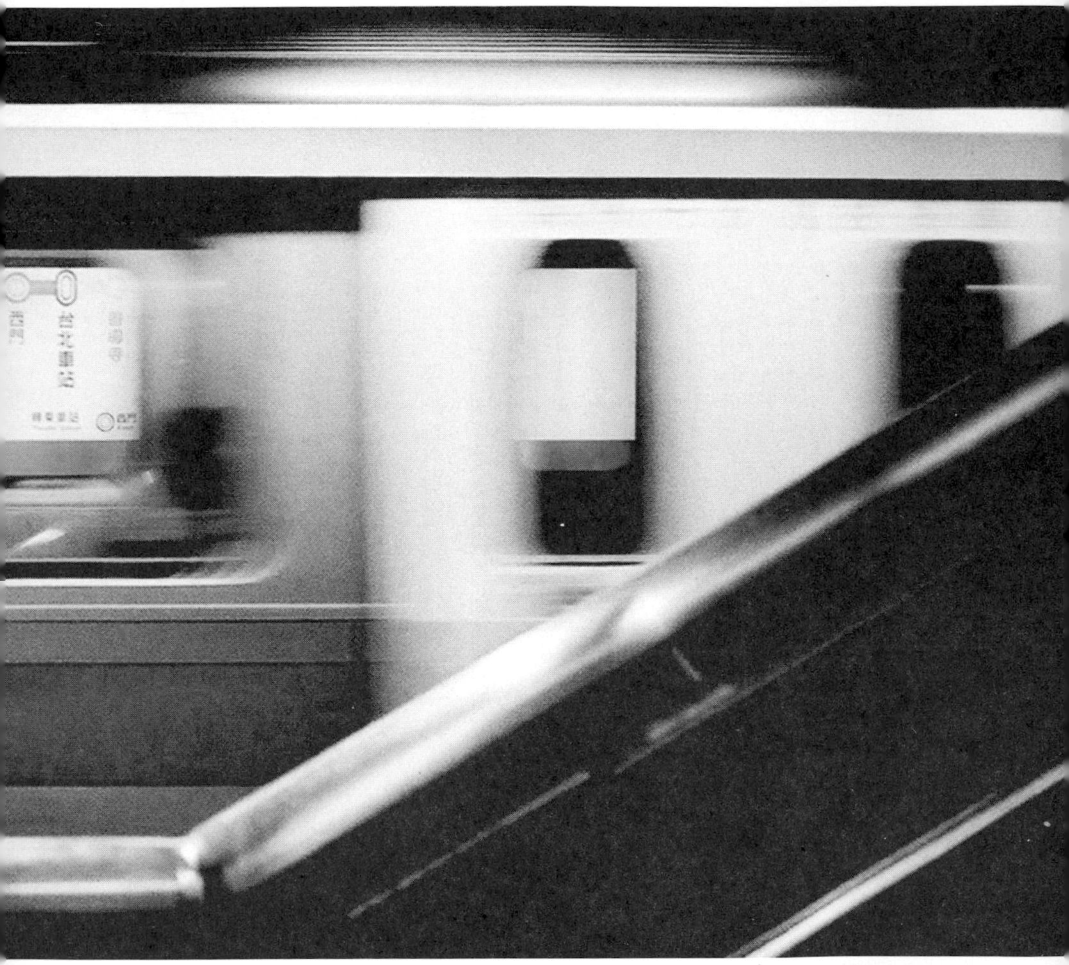

國家圖書館出版品預行編目資料

11樓之2／散文◎蔡鳳儀；寫眞◎黃仁益；
－－初版.－－臺北市：大田出版，民93
面；　公分.－－（美麗田；077）

ISBN 957-455-693-X（平裝）

855　　　　93009305

美麗田 077

11樓之2

散文：蔡鳳儀 寫真：黃仁益
發行人：吳怡芬
出版者：大田出版有限公司
台北市106羅斯福路二段79號4樓之9
E-mail:titan3@ms22.hinet.net
http://www.titan3.com.tw
編輯部專線（02）23696315
傳真（02）23691275
【如果您對本書或本出版公司有任何意見，歡迎來電】
行政院新聞局版台業字第397號
法律顧問：甘龍強律師

總 編 輯：莊培園
執行主編：林淑卿
企劃統籌：胡弘一
美術設計：Leo design
校對：陳佩伶／余素維／大田校對組
製作印刷：知文企業（股）公司・(04)23595819-120
初版：2004年（民93）八月三十日
再版：2004年（民93）九月三十日（三刷）
定價：新台幣 220 元

總經銷：知己圖書股份有限公司
（台北公司）台北市106羅斯福路二段79號4樓之9
電話：(02)23672044・23672047・傳真：(02)23635741
郵政劃撥：15060393
（台中公司）台中市407工業區30路1號
電話：(04)23595819・傳真：(04)23595493

國際書碼：ISBN 957-455-693-X /CIP: 855/93009305
Printed in Taiwan

廣	告	回	郵
北區郵政管理局登			
記證北台字11049號			
免	貼	郵	票

大田出版有限公司　編輯部收

地址：台北市106羅斯福路二段79號4樓之9
電話：（02）23696315-6　傳真：（02）23691275
E-mail：titan3@ms22.hinet.net

＊請沿虛線剪下，對摺裝訂寄回，謝謝！

地址：……………………………………………………………

姓名：……………………………………………………………

TITAN
大田出版

智慧與美麗的許諾之地

＊請沿虛線剪下，對摺裝訂寄回，謝謝！

閱讀是享樂的原貌，閱讀是隨時隨地可以展開的精神冒險。

因爲你發現了這本書，所以你閱讀了。我們相信你，肯定有許多想法、感受！

讀 者 回 函

你可能是各種年齡、各種職業、各種學校、各種收入的代表，
這些社會身分雖然不重要，但是，我們希望在下一本書中也能找到你。

名字／ ________ **性別／**□女 □男 **出生／** ____ 年 ____ 月 ____ 日

教育程度／ ________

職業： □ 學生 □ 教師 □ 內勤職員 □ 家庭主婦
□ SOHO族 □ 企業主管 □ 服務業 □ 製造業
□ 醫藥護理 □ 軍警 □ 資訊業 □ 銷售業務
□ 其他 ________

E-mail/ ________ 電話/ ________

聯絡地址： ________

你如何發現這本書的？ **書名：11樓之2**

□書店閒逛時 ________ 書店 □不小心翻到報紙廣告（哪一份報？）________

□朋友的男朋友（女朋友）灑狗血推薦 □聽到DJ在介紹 ________

□其他各種可能性，是編輯沒想到的 ________

你或許常常愛上新的咖啡廣告、新的偶像明星、新的衣服、新的香水……
但是，你怎麼愛上一本新書的？

□我覺得還滿便宜的啦！ □我被內容感動 □我對本書作者的作品有蒐集癖
□我最喜歡有贈品的書 □老實講「貴出版社」的整體包裝還滿 High 的 □以上皆非 □可能還有其他說法，請告訴我們你的說法

____

你一定有不同凡響的閱讀嗜好，請告訴我們：

□ 哲學 □ 心理學 □ 宗教 □ 自然生態 □ 流行趨勢 □ 醫療保健
□ 財經企管 □ 史地 □ 傳記 □ 文學 □ 散文 □ 原住民
□ 小說 □ 親子叢書 □ 休閒旅遊□ 其他 ________

一切的對談，都希望能夠彼此了解，否則溝通便無意義。
當然，如果你不把意見寄回來，我們也沒「轍」！
但是，都已經這樣掏心掏肺了，你還在猶豫什麼呢？
請說出對本書的其他意見：

大田出版有限公司編輯部 感謝您！